샌드백 치고 안녕

샌드백 치고 안녕

2017년 11월 25일 초판 1쇄 펴냄

펴낸곳 도서출판 삼인

지은이 박장호
펴낸이 신길순

등록 1996.9.16 제25100-2012-000046호
주소 03716 서울시 서대문구 연희로 5길 82(연희동 2층)

전화 (02) 322-1845
팩스 (02) 322-1846
전자우편 saminbooks@naver.com

디자인 디자인 지폴리
인쇄 수이북스
제책 은정제책

ISBN 978-89-6436-134-4 03810

값 13,500원

박장호 산문집

샌드백 치고 안녕

삼인

작가의 말

『샌드백 치고 안녕』은 2015년 시월부터, 7개월 동안 복싱을 배우면서 적은 글들을 엮은 책입니다. 마흔이 되니 몸이 전과 같지 않다는 걸 절감하여, 침체된 몸을 흔들어 깨우기 위해 복싱을 배우기로 했습니다. 그날이 2년 전, 추석 연휴가 끝난 직후인 9월 30일이었습니다. 그런데 이 책의 마지막 원고인 이 글을 쓰고 있는 오늘도 9월 30일입니다. 공교롭게도 추석 연휴가 시작되는 날입니다. 연휴의 끝이 첫 기록으로, 연휴의 시작이 마지막 기록으로 이어집니다. 게다가 이 마지막 원고는 이 책의 맨 앞에 들어가게 되겠지요. 끝과 시작, 시작과 끝은 서로 맞물려 있다는 걸 시간의 우연이 내게 가르치고 있는 것 같습니다.

출간하기 위해 글을 시작한 건 아니었습니다. 자발적으로 선택한 낯선 체험을 나만의 기록으로나마 남겨 두고 싶었습니다. 다 쓴 뒤엔 좀 더 보기 좋은 모습으로 간직하고 싶어서 글을 다듬기 시작했습니다. 지난 시간을 다듬는 건 사람들이 떠난 후에 하는 나머지 공부 같은 거여서 외롭기도 했지만, 체육관에서 보낸 7개월이 시간과 생명에 관한 성찰의 기간이었음을 알게 되었습니다. 그 땀방울들을 세상에 흘려 보이고 싶었습니다.

마흔과 복싱. 이 두 가지는 모두 전성기가 지난 것들입니다. 마흔은 신체의 전성기가 지난 나이이고, 복싱은 인기의 전성기가 지난 스포츠입니다. 혈기왕성했던 몸은 영양제에 의존해야 할 만큼 지쳤고, 최고의 인기 스포츠였던 복싱은 세간의 관심에서 멀어진 지 오래입니다. 그러니 마흔과 복싱의 만남은 쇠퇴한 것들의 연대라고 할 수 있습니다.

그러나 이 연대의 기록에는 아쉽게도 인생 역전의 통쾌함은 없습니다. 대신 여기에는 굳어 있었던 몸이 움직이는 소리, 움직이는 몸속에서 뛰는 심장 소리, 심장 소리가 만들어 내는 리듬, 리듬이 지나가는 세상과 그 속에서 만나고 헤어지고, 후회하고 다짐하고, 울고 웃고, 땀 흘리는 사람의 모습이 담겨 있습니다. 그는 몸속의 멜라닌 색소와 매일 이별하는 사십대 남자입니다. 어쩌면 그의 모습은 사십대가 될 이

삼십대, 사십대였던 오륙십대의 모습일지도 모릅니다. 우리는 그렇게 살고 있고 전성기가 지난 뒤에도 계속 살아야 합니다. 아무리 달려도 사십대의 몸을 이십대의 것으로 되돌릴 수는 없지만 그래도 살 때까지 살아야 합니다. 이 책은 그런 삶의 기록입니다.

오늘도 어딘가에서 무명의 복서들이 각자의 링에서 땀을 흘리고 있을 겁니다. 살고 있을 겁니다. 예기치 않은 부상과 살고, 원인 모를 슬럼프와 살고, 링 위의 상대방과 살고 있을 겁니다. 싸우고 있는 게 아니라 살고 있다 말하고 싶습니다. 치고받았던 양 선수가 경기 후에 서로 껴안고 격려하는 까닭은 그 치열한 시간을 함께 살았다는 연대감 때문일 것입니다. 삶도 그랬으면 좋겠습니다. 질병과 살고, 통장 잔액과 살고, 노후에 대한 불안함과 살고 있다고 말할 수 있었으면 좋겠습니다. 보듬을 수 있는 누군가가, 보듬어 주는 누군가가 있었으면 좋겠습니다. 이 책이 그런 품이었으면 좋겠고 당신이 그런 우연이었으면 좋겠습니다. 내 마지막 마음이 당신의 첫 마음이었으면 좋겠습니다.

시집을 두 권 낸 경험이 있긴 해도 출간을 앞두고는 여전히 떨립니다. 시를 1인칭의 문학이라고는 하지만 이런 글보다 더 적나라하지는 않으니까요. 장르의 탈을 벗고 내 민낯을 드러내는 것 같아 두렵기도 합니다. 내가 만든 링 위에서 트렁크만 입고 서 있는 것 같습니다. 반대편 코너에 상대 선수가 올라오는 것 같습니다. 어디선가 공 소리가 울리는 것 같습니다. 한 권의 삶이 시작되는 것 같습니다.

이 책에는 슈가복싱클럽 관장님을 비롯해 체육관에서 만난 사람들, 친구들, 시인들, 전설의 복서와 스포츠 스타들이 등장합니다. 허락도 받지 않고 글감으로 삼은 것을 용서해 주십시오. 감사합니다. 그리고 둘만 있는 지붕 밑에서 여러 번 원고를 읽으며 여자 관원을 향한 속된 시선을 교정하는 데 큰 도움을 준 수면궁의 수면여왕에게 특별한 감사의 마음 보냅니다. 삼인출판사 여러분들께도 깊은 마음 전합니다.

2017년 깊은 가을
수면궁에서

박상호

차례

라운드 6 로커에 남은 이름

라운드 7

자신만의 교도소에 갇혀 견디다 보면
삶의 방식은 권투 선수처럼 변해 간다.

노먼 킹슬리 메일러, 「파이트」 중에서

공이 울린다

어느 날 새벽이었습니다. 잠이 깨어 화장실에 갔다가 거울을 보았습니다. 그 속에는 작은 화분이 하나 있었고 화분에는 성장을 멈춘 식물이 초라하게 시들어 있었습니다. 만으로 마흔이 된 내 얼굴이었습니다. 구레나룻을 점령한 흰머리들까지 머리 위로 세력을 넓히고 있었습니다.

'이제 멜라닌과 헤어질 일만 남은 것인가.'

내가 살아온 화분 속의 흙은 양분이 고갈된 게 분명했습니다. 화분을 갈아야겠다고 생각했습니다. 지금까지 해보지 않은 일을 해보고 싶었습니다. 돌이켜 보니 제대한 이후 이십 년 남짓 규칙적으로 운동을 한 적이 없었습니다. 게다가 앉아서 하는 일을 십여 년간 하면서 술과 담배만 찾았더니 몸무게가 0.1톤에 가까워졌습니다. 주인을 잘못 만난 몸에게 미안했습니다.

하고많은 운동 중에서 복싱을 선택한 까닭은 복싱이 기운 없는 내 모습을 일으켜 세우기에 더 없이 좋은 운동이라고 생각했기 때문입니다. 거울 속의 내 얼굴에 펀치를 퍼부으면 시들어 가는 나를 깨울 수 있지 않을까. 거스를 수 없는 시간의 흐름을 잠시나마 늦출 수 있지 않을까.

마흔은 한 달에 한 번 꼬박꼬박 적금과 연금과 보험료를 납입하며 노후 준비에 집중해야 할 나이입니다. 그런데 무언가에 집중해야 할 때면 딴생각이 떠오르기 십상입니다. 어쩌면 운동을 해야겠다는 생각도 생활에 전념하지 못하고 한눈을 팔아 떠오른 딴생각인지도 모르지요. 그런데 딴생각은 재미있습니다. 시간 가는 줄 모릅니다. 딴생각은 누가 강요하지 않은 생각, 자연스럽게 떠오르는 생각이니까 어쩌면 그 생각이 그 사람의 진짜 생각일 수도 있겠죠.

식물은 꽃 피는 시기도 다르고 색깔도 다르고 열매도 다릅니다. 같은 종류의 식물이라고 해도 개체에 따라 가지 뻗는 방향과 꽃과 열매의 수가 다릅니다. 사람도 누구나 자기만의 에너지를 가지고 있을 겁니다. 그 에너지를 쓰지 못하고 삶이 끝난다면 백 세 시대 인생이 너무 허무할 것 같습니다.

딴짓과 딴생각. 그건 하지 말아야 한다고 여겨지는 짓과 생각을 말하는 거겠죠. 하지만 높은 밤하늘을 올려다보면 그 모든 게 다 하늘 아래의 일입니다. 수업 시간에 한눈팔아서 죽었다는 친구의 이야기는 들어본 적이 없습니다. 40년 동안 큰 일탈 없이 살았으니 한 번쯤 딴짓을 해봐도 괜찮지 않을까요?

세컨드 아웃. 공이 울립니다.

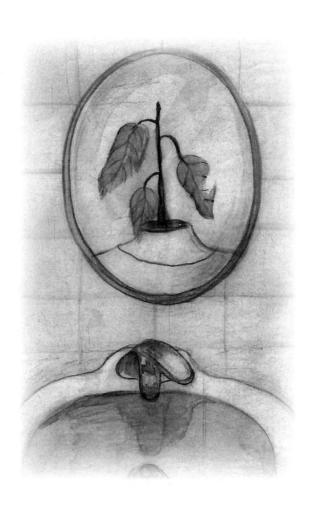

땀은 진취
눈물은 도취

지구의 70퍼센트는 바다다.
생명은 바다에서 탄생하여 육지로 올라왔다.
인체의 70퍼센트도 물이다.
땀을 흘리는 것은
몸속의 바다를 헤엄쳐 생명을 찾아가는 여행이다.

01

사십

명절이면 어릴 때 함께 자란 친구들을 만나 술을 한잔합니다. 끊어진 인대, 도려낸 갑상선, 미용사 S등. 지난 추석 때도 그랬습니다. 사십 넘겨 주고받는 이야기라곤 나이 먹어 쓸쓸한 이야기, 줄어든 주량 이야기, 나날이 힘들어지는 아침 이야기입니다. 그리고 저 세상으로 먼저 떠난 친구 이야기……. 신나는 일이 하나도 없었습니다. 기분을 바꿔 보려고 술자리를 일찍 접고 탁구장에 갔습니다. 어릴 때는 꽤나 쳤던 탁구인데 이제 손과 다리가 공을 쫓아가지 못했습니다. 1시간 동안 테이블을 벗어난 공을 주우러 다니기 바빴습니다. 공을 주우려 허리를 숙일 때마다 생각했습니다.

'회사를 그만둔 나도 지금 테이블을 벗어나 있는 게 아닐

까. 나는 누가 주워 주지?'

공에게 네 팔자가 상팔자라고 말했더니 공이 답합니다.

"주우면 뭐해? 또 떨어뜨릴걸!"

집에 돌아와 불쾌하게 흐른 땀을 씻고 침대에 누웠습니다. 만으로 마흔이 되었습니다. 서른이 되었을 때, 청춘이 다한 것 같았던 느낌보다 훨씬 치명적이었습니다. 그래도 그때는 아직 가능성이라는 게 남아 있었습니다. 마흔은 먹고사는 일에 발목 잡혀 꼼짝달싹 못 하고 서서히 다가오는 끝의 그림자에 덮여 몸이 점점 음지로 변해 가는 사실을 받아들여야 하는 나이인가 봅니다. 몸은 서서히 완만하게 늙지 않고 어느 순간 덜컥, 또 어느 순간 덜컥, 하고 높은 난간에서 떨어지듯 노화한다고 합니다. 마흔이 되자마자 기력이 예전 같지 않다는 걸 절감했습니다. 술 취하는 시간이 짧아졌고 술 깨는 시간은 길어졌습니다. 친구들도 예전 같지 않습니다. 누구는 죽었고, 누구는 암에 걸렸습니다. 먹고사는 건 똑같이 힘듭니다. 서로에게서 밝은 모습을 발견하기 힘드니 만나도 재미가 없습니다. 천장이 노랬습니다. 회사만 그만두면 마음에 품은 일들을 모두 할 수 있을 것 같았는데 집에 돌아온 지 3개월이 지나도록 생활의 갈피를 잡지 못해 심리적으로도 크게 위축되어 있었습니다. 짜증이 늘고 얼굴도 점점 못생겨졌습니다.

"이러다간 나중에 괴팍하고 꼬질꼬질한 영감이랑 살게 될까 봐 걱정이다.”

변화가 필요했습니다. 아내의 충고를 받아들여 운동을 시작하기로 했습니다. 격렬한 운동을 하고 싶었습니다. 내 못생긴 얼굴을 때려 주고 싶었습니다. 복싱을 배우기로 했습니다.

2015년 9월 30일 수요일

02

체육관을 찾아서

인터넷을 뒤져 동네에 있는 두 개의 복싱 체육관을 찾아냈습니다. 한 곳은 큰길 옆에, 한 곳은 주택가 골목에 있었습니다. 주택가 골목에 있는 체육관으로 갔습니다. 현대 복싱의 아버지 슈가 레이 로빈슨이나 천재 복서 슈가 레이 레너드의 이름에서 따왔을 법한 체육관 이름에 끌렸기 때문입니다. 건물 앞에는 쓰레기가 잔뜩 쌓여 있었습니다. 지저분한 입구가, 불우한 환경에서 자란 헝그리 복서들이 챔피언을 꿈꾸는 땀의 현장으로 나를 안내하는 듯했습니다. 건물 안으로 들어가니 벽면에 마빈 해글러의 단독 포스터 그리고 해글러와 레너드의 경기 장면 포스터가 나란히 붙어 있었습니다. 계단을 올라갔습니다. 1층과 2층 사이의 층계참 벽엔 신이 빚은 복서 훌리오 세자르 차베스가 챔피언 벨트를 들고 위용을 뽐내고 있었습니다. 체육관은 3층이었습니다. 문을 열었습니다. 왼쪽에서 오른쪽으로 시선을 옮기며 체육관을 둘러보았습니다. 출입문 왼쪽엔 운동화들이 가지런히 놓여 있는 신발장, 정면에 보이는 창문 앞에는 아담한 링, 링 옆에는 트레드밀 두 대와 각종 무게의 아령과 벤치프레스, 벤치프레스 앞에는 천장과 바닥에 고무줄로 고정시킨 펀치볼이 있었습니다. 벽면엔 모두 거울이 붙어 있었고 거울 앞에서 관원 한 명이 몸을 풀고 있었습니다. 오른쪽에서 남자의 목소리가 들려왔습니다.

"어떻게 오셨어요?"

고개를 돌렸습니다. 관장님인 듯한 사람이 데스크에서 나를 바라보았습니다.

"운동을 좀 배우고 싶어서요."

"전에 운동하신 적 있으세요?"

"농구 아주 잠깐 배운 적이 있긴 한데……."

"이런 운동은 처음이시군요."

"네."

한 달 수련비, 훈련 방법 등 궁금한 것을 묻고 입관 서류를 작성했습니다. 입관 목적은 체력 단련과 다이어트라고 적었습니다. 관장의 허락 없이는 스파링을 할 수 없으며, 스파

링 도중에 일어나는 사고는 관장이 책임지지 않는다는 문구가 쓰여 있었습니다. 입관 수속을 마치고 탈의실과 샤워실을 둘러보았습니다. 탈의실엔 마이크 타이슨의 포스터, 샤워실 구석엔 커다란 세탁기 한 대 그리고 벽에 붙은 샤워기 두 대. 탈의실로 돌아와 로커를 배정받았습니다.

"월요일에 운동복하고 운동화 챙겨 오시면 바로 운동 시작하실 수 있어요."

"예, 월요일에 뵙겠습니다."

체육관을 나와 신발 가게에 가서 운동화를 한 켤레 샀습니다. 이제 달릴 일만 남았습니다. 힘들기로 소문난 운동인 복싱을 잘 배울 수 있을지 걱정 반 기대 반입니다.

2015년 10월 2일 금요일

03

17번 올빼미, 붕대를 감다

월요일입니다. 운동화와 운동복을 들고 체육관으로 갔습니다. 이른 시간이라 관장님 혼자 있었습니다. 간단하게 인사를 주고받은 뒤 탈의실에서 옷을 갈아입고 나와 첫 훈련을 시작했습니다. 거울을 등지고 나와 마주 선 관장님의 동작을 따라 스트레칭을 했습니다. 다리, 허리, 어깨, 무릎, 손목과 발목, 마지막으로 목을 풀었습니다. 좌우로 고개를 열 바퀴씩 돌리라기에 먼저 왼쪽으로 열 바퀴를 돌렸습니다. 너무 열심히 돌렸나 봅니다. 몸이 중심을 잃고 휘청거리더니 갑자기 관장님이 시야에서 사라졌습니다. '관장님 어디 계세요?' 사라진 관장님 얼굴 대신 눈앞에 바닥이 보였습니다. '바닥아, 안녕. 며칠 전 탁구장에서 봤는데, 우리 자주 보네?' 가까스로 중심을 잡고 오른쪽으로 열 바퀴를 얼른 되감았습니다. 다시 관장님이 나타났습니다. 관장님이 뭐 이런 황당한 사람이 다 있나 하는 표정으로 나를 바라보았습니다. 어이가 없었습니다. 아무리 운동을 안 하고 살았기로서니 평형감각이 이렇게 둔해졌을 줄은 몰랐습니다. 관장님의 짧은 표정이 10분처럼 길게 느껴졌습니다. 장담컨대 목운동 하다가 그로기에 빠진 사람은 체육관 개관 이래 처음 보았을 것입니다. 본 운동도 하기 전에 이게 무슨 개망신인가요. 내일부터는 어지럽지 않게 세 바퀴씩 번갈아 돌려야겠습니다. 스트레칭 다음은 러닝.

"오늘은 첫날이니까 워킹부터 하시죠."

시속 6.8킬로미터. 트레드밀, 그러니까 흔히 러닝머신이라고 불리는 기계에 난생처음 올라섰습니다. 서서히 돌아가던 벨트의 속도가 점점 빨라지기 시작했습니다.

"어, 어, 관장님, 관장님."

"빨라요?"

띠~ 띠띠띠~. 시속을 낮추는 기계음이 울렸습니다. 시속 6킬로미터.

"보폭 크게 하시고, 15분 뒤에 내려오세요."

낯설었던 속도에 적응이 되니까 걷는 게 답답했습니다. 5분 정도 걷다가 시속을 7킬로미터로 올렸습니다. 15분을 채우니 머리와 등에 땀이 송골송골 맺혔습니다. 트레드밀에서 내려와 다시 거울 앞으로 갔습니다.

"팔벌려높이뛰기 아시죠? 그거 두 개만 해보세요."

군대에서 지긋지긋하게 했던 팔벌려높이뛰기. 가뿐하게 두 개를 했습니다.

"그렇죠. 그렇게 하는 거죠. 그렇게 백 개만 하세요."

"배, 배, 백 개요?"

"네, 백 개."

한동안 '백'이라는 숫자를 잊고 살았습니다. 어떤 일을 한 번에 백 개씩이나 한다니요? 이 붙여넣기의 시대에 말이죠. 아닌 게 아니라 스무 개를 넘어서니까 'Ctrl+V'를 마구마구 누르고 싶었습니다.

볼, 가슴, 배, 엉덩이에서 살이 출렁거렸습니다. 출렁출렁 살파도. 내 몸에 바다가 있었습니다. 사람 몸의 70퍼센트는 물입니다. 사람의 육체는 몸속의 물에 떠 있는 섬입니다. 거센 파도가 밀려와 섬을 휩싸고 돌았습니다. 거울 속에서 헐떡거리는 얼굴을 파도가 덮쳤습니다. 숨이 막혔습니다. 67개까지 하고 5초 정도 쉬었다가 백 개를 채웠습니다. 파도 위로 간신히 고개를 내밀고 숨을 쉬었습니다.

"다 하셨어요? 저기 가서 물 한 잔 드시고 1분만 쉬세요."

정수기에서 1회용 컵에 물을 따라 한 잔을 마셨습니다. 이게 물입니까, 꿀입니까. 한 잔을 더 마시고 링 사이드에 앉아 쉬었습니다. 1분을 다 안 쉰 것 같은데 관장님이 다가왔습니다.

"백 개 더 하세요."

"네?"

사람의 어떤 말은 냉매입니다. 몸속의 물을 차갑게 만듭니다. 땀에 젖은 머리카락이 일순간에 얼어붙어 고드름이 된 것 같았습니다.

"원래 3백 개 하는 건데 오늘은 첫날이라서 2백 개만 하는 거예요."

사람의 어떤 말은 열매입니다. 몸속의 물을 따뜻하게 해줍니다. 허허. 감사의 마음이 아주 그냥 복받쳤습니다. 이번에는 50개에서 10초 정도 쉬고 백 개를 채웠습니다. 군대 생각이 났습니다.

"17번 올빼미 악 악 악."

나는 17을 싫어합니다. 군대에서는 유격 훈련을 할 때 훈련병을 올빼미라고 부릅니다. 훈련소 시절, 나는 17번 올빼미였습니다. 그런데 이 '17'이라는 숫자를 발음하기가 몹시 힘들었습니다. 뭐? 몇 번 올빼미라고? 짜증을 내던 조교의 목소리가 떠오릅니다.

'여기가 군대야, 체육관이야. '복싱' 하면 줄넘기인데 왜 줄넘기를 안 시키고 팔벌려높이뛰기를 시키지?' 입관 수속 시 줄넘기를 가져와야 하느냐는 질문에 처음부터 줄넘기를 할 필요는 없다고 했습니다. 훈련에 단계가 있는 모양입니다.

　탈의실에 들어갔던 관장님이 비닐주머니에 포장된 붕대를 들고 나왔습니다. 포장을 풀고 붕대를 꺼내 주먹에 감는 방법을 알려 주었습니다. 오픈 핑거 장갑의 손목 부분에 긴 천이 달려 있었습니다. 신형 붕대라고 했습니다. 장갑을 낀 뒤 손목을 천으로 단단하게 감아 찍찍이로 고정시키면 됩니다. 링에 오르기 전에 대기실에서 붕대를 감고 입장을 기다리는 복서들의 결연한 얼굴이 하나둘 스쳤습니다. 맨몸으로 혼자 올라가야 하는 링. 가운 소매 밖으로 보이는 붕대의 하얀색만큼 고독하고 쓸쓸한 색깔이 있을까요. 있다면 그것은 오를 링조차도 없는 무명 복서의 투명한 땀색일 것입니다. 우리는 대부분 알려지지 않은 이름을 가지고 있습니다. 우리는 대부분 무명입니다. 17번 올빼미로 불렸던 무명의 양손에 붕대를 감았습니다. 이제 땀을 쏟을 차례입니다. 바닥에 하얀 페인트로 두 개의 발자국이 찍혀 있었습니다. 서는 법을 지시하는 발자국이었습니다.

　"여기 발자국 보이시죠? 오른손잡이시면 왼발을 앞에 두시고 오른발은 45도 후방으로 벌리세요. 그 자세에서 두 손을 주먹 쥐어 광대뼈 근처로 올리세요. 고개는 숙이고 눈은 거울 속의 턱을 보세요. 네 그렇죠. 그 자리에서 폴짝폴짝 뛰어 보세요. 네. 네. 그게 제자리 스텝이에요. 다음 라운드의 공이 울리면 그렇게 세 라운드 뛰세요."

　복싱의 기본자세인 스탠스와 가드 올리기 그리고 스텝이

었습니다. 체육관에서는 3분에 한 번, 30초에 한 번 번갈아 가며 공이 계속 울렸습니다. 복싱은 한 라운드에 3분씩 경기를 하고 라운드 사이에 1분을 쉽니다. 선수들도 그 정도는 쉬는데 쉬는 시간을 30초밖에 안 주다니요. 2라운드 중간쯤 되니까 팔이 천 근 쇳덩어리 같았습니다. 앞발과 뒷발의 간격은 점점 좁아졌습니다. 가차 없이 손 올리고 다리 벌리라는 목소리가 들려왔습니다. 간신히 세 라운드를 뛰었습니다. 물한 잔 마시고 오라는 관장님의 말이 어찌나 고맙던지요. 쓰레기통에 1회용 종이컵을 버리고 돌아오자 관장님이 진도하나만 더 나가고 오늘 수련을 끝내자고 했습니다.

"자, 아까는 제자리에서 뛰었죠? 이번에는 반 발 정도 앞으로 뛰었다가 뒤로 뛰어 보세요. 이렇게, 이렇게. 예, 그렇죠. 이게 앞뒤 스텝이에요. 이걸 이번 라운드 포함해서……."

이때 하얗게 질린 나의 표정을 본 관장님이 살짝 웃으며 두 라운드만 뛰라고 했습니다. 마음씨 착한 관장님. 앞뒤로 뛰니 폼이 제법 그럴듯했습니다. 제자리 스텝 세 라운드, 앞뒤 스텝 두 라운드, 총 다섯 라운드를 뛰었습니다. 저 생기 없는 거울 속의 얼굴을 깨울 펀치는 언제쯤 배우게 될까요. 몸속에서 파도가 쳤습니다.

2015년 10월 5일 월요일

04

거울 속에 날린 최초의 펀치

첫 훈련을 마친 뒤 맞이하는 상쾌한 아침이었습니다. 운동복을 비닐 백에 넣고 집을 나서려는데 파리 한 마리가 날아다녔습니다. 첫 훈련 뒤에 맞이하는 온몸이 뻐근한 아침이었습니다. 공연히 파리에게 시비를 걸었습니다.

'네놈이 새면 내가 복서다.'

체육관에 들어서며 반갑게 인사하니 관장님도 반가워했습니다. 환복하고 어제와 같은 코스로 운동을 시작했습니다. 먼저 스트레칭. 목운동을 할 땐 왼쪽으로 세 바퀴, 오른쪽으로 세 바퀴씩 번갈아서 돌렸습니다. 다행히 현기증을 느끼지 않고 무사히 목운동을 마쳤습니다. 트레드밀을 탔습니다. 오늘은 어제보다 속도를 높여서 가볍게 뛰었습니다. 어제 해보니까 가볍게 뛰는 것보다 힘껏 걷는 게 훨씬 힘들었습니다. 러닝 15분이 끝나자마자 관장님의 목소리가 날아왔습니다.

"어제 팔벌려높이뛰기 2백 개 하셨죠? 오늘부터는 백 개씩 끊어서 3백 개 하셔야 해요."

정말로 하루 만에 백 개가 추가되었습니다. 하지만 종아리 근육이 뭉쳐서 백 개를 한 번에 뛰는 건 무리였습니다. 50개씩 끊어서 3백 개를 채웠습니다.

링 사이드에 앉아 쉬면서 주먹에 붕대를 감고 어제 훈련이 끝날 때쯤 배운 앞뒤 스텝을 네 라운드 뛰었습니다. 몸에 안 뭉친 근육이 없었습니다. 몸 구석구석에 커다란 바위가 박혀 있는 것 같았습니다. 어깨가 점점 아파 왔습니다. 내 어깨 위에 있는 건 수호천사일까요, 저주악마일까요. 이 순간은 명백한 악마. "이래도 안 내려? 이래도 안 내려?" 하며 발로 어깨를 짓밟는 것 같았습니다. 어깨에서 팔이 떨어져 나가기 직전에 4라운드 종료를 알리는 공이 울렸습니다. 어깨 위엔 아무도 없었습니다. 누가 나를 지켜 주고 누가 나를 저주한단 말입니까. 하기로 한 걸 하면 되는 것을. 천사도 악마도 아닌 관장님이 다가왔습니다.

"이번에는 앞뒤 스텝 폭을 한 5센티미터만 더 크게 해보세요. 예, 좋아요. 자, 이때 나가면서 왼팔 뻗고 들어오면서 왼팔 접고. 아니, 아니, 뻗은 다음에 접어서 내리지 말고 원래 있던 곳으로 그대로 가져와야죠. 거울 속의 턱을 친다는 생각으로 다시. 예, 좋아요. 이게 바로 잽이에요. 이번 라운드 포함해서 두 라운드."

입관 이틀 만에 펀치를 하나 배웠습니다. 진도가 좀 빠르다고 생각했습니다. 체력이 바닥난 사십대 초반의 남자에게 FM대로 훈련을 시키면 너무 힘들어서 지레 포기할까 봐 운동에 재미를 느끼도록 하기 위한 배려겠지요. 모르긴 몰라도 선수가 될 목적으로 입관한 사람에게는 이렇게까지 빨리 펀치를 가르쳐 주진 않을 것입니다.

관장님의 지도에 따라 거울 속으로 한 방씩 잽을 던졌습니다. 폼은 제법 그럴듯했습니다. 투지가 솟았습니다. 나를 방치한 게으름과 나를 회피한 비겁과 내가 관리하지 못한 스트레스와 진취적이지 못한 생활 태도를 모두 날려 버리고 싶었습니다. 주먹을 뻗으면 거울 속의 내 얼굴이 주먹에 가려졌습니다. 주먹을 회수하면 잽을 맞고 일그러진 얼굴, 실제로는 지쳐서 일그러진 내 얼굴이 다시 보였습니다. 사라졌다 나타나고, 사라졌다 나타나는 무기력한 얼굴. 주먹을 회수한 뒤에 나타나는 얼굴에 생기가 돌면 내가 나를 이긴 것입니다. 그러나 얼굴이 갈수록 심하게 일그러졌습니다. 오늘은 내게 완패했습니다. 뒤로 갈수록 힘이 점점 빠져 펀치는커녕 팔을 들고 있는 것조차 힘들었습니다. 광대뼈 높이에 있던 가드가 어깨 높이로 쳐졌고 잽의 타점도 턱이 아니라 가슴팍으로 떨어졌습니다. 반격을 할 수 없는 나 자신도 제대로 가격하지 못하는 주먹. 그것이 내가 거울 속에 던진 최초의 펀치였습니다.

'첫'이라는 관형사가 수식하는 내 경험 중 기억에 남는 것들을 더듬어 봅니다. '첫사랑'은 Y였습니다. 말도 못 붙였는데 헤어졌습니다. 동해로 '첫 여행'을 갔습니다. 지갑을 잃어버려 2박 3일 동안 찰떡 아이스만 먹었습니다. '첫 대학'은 공대였습니다. 학사경고를 받고 거의 쫓겨나다시피 졸업했습니다. '첫 직장'에서는 화장실에서 볼일 보다가 나를 흉보는 부서장의 험담을 들었습니다. 입사 1주일 만이었습니다. '첫 시집'은 발간한 지 얼마 되지도 않았는데 출판사가 시집 사업을 접었습니다. 돌아보니 순탄한 게 없습니다. 하지만 뭐, 괜찮습니다. (사실 별로 괜찮지 않습니다.) '첫' 것들부터 무난히 성공했다면 아마 그것들을 진득하게 추억하지 않을 것입니다. (아릿한 것들을 추억하는데 진득함까지야……) '첫' 것들을 실패했기 때문에 두 번째 것들이 있는 것입니다. (사실 두 번째 것들도 순탄치 않았습니다.) 비록 처절한 좌절감을 주었더라도 '첫'의 대상들을 떠올리며 가슴 설렌다면 그것으로 좋습니다. (그래 뭐 기왕 이렇게 된 거 그렇다고 칩시다.)

마지막 라운드의 공이 울리고 정리 운동을 했습니다. 앞뒤 스텝 네 라운드, 잽 두 라운드, 도합 여섯 라운드. 어제보다 한 라운드를 더 뛰었습니다. 하루하루 운동량을 조금씩 늘리면 몸에도 변화가 생길 거라 기대하며 훈련을 마쳤습니다.

샤워를 하고 나오니 한 남자가 맹렬한 기세로 샌드백을 치고 있었습니다. 땀에 흠뻑 젖어 숨을 헐떡거리는 모습이 멋있었습니다. 나는 언제쯤 글러브를 끼고 샌드백을 칠 수 있을까요.

하루 훈련이 끝나기 직전에 기술을 하나씩 가르쳐 주는 것으로 보아 어쩌면 내일은 스트레이트를 배울 수 있을지도 모르겠습니다.

2015년 10월 6일 화요일

05

샌드백의 웃음소리

체육관은 오전 11시에 문을 엽니다. 오늘은 문 여는 시간에 맞춰 체육관에 나갔습니다.

트레드밀의 시속을 좀 올려서 시속 8킬로미터로 15분을 뛰었습니다. 호흡이 거칠어졌습니다. 달리기를 할 때는 숨을 잘 쉬어야 합니다. 날숨을 쉬는 순간 내딛는 발에 체중이 걸리기 때문입니다. 들숨에 두 걸음, 날숨에 두 걸음으로 달리면 한쪽 다리에만 체중이 걸립니다. 들숨에 두 걸음, 날숨에 세 걸음으로 달리면 날숨 쉴 때의 첫발이 계속 바뀌어 한쪽 다리에만 체중이 걸리는 걸 방지할 수 있습니다. 호흡이 가쁠 땐 들숨에 한 걸음, 날숨에 두 걸음으로 달려도 관계없을 것입니다. 홀수들이 만나서 이루는 짝수의 아름다움입니다.

테트리스라는 오락을 처음 할 때였습니다. 오락실에 잘 가는 편이 아니어서 어떻게 하는 건지 몰랐습니다. 높이 쌓으면 되는 줄만 알았습니다. 그런데 자꾸만 게임이 끝나는 것이었습니다. 한 판만 하고 집에 가라는 것인가? 그럴 순 없지. 동전을 넣어서 또 쌓았습니다. 그런데 요철이 맞아 판판해진 층이 자꾸 부서져 사라지는 것이었습니다.

'음…… 이게 이 게임의 함정이로군. 무너지는 걸 피해서 높이 쌓아야겠어.'

높이 쌓았습니다. 자꾸만 게임이 끝났습니다. 옆에 있던 꼬마가 나를 안타까운 눈빛으로 쳐다보았습니다. 나는 테트리스를 그 아이에게 배웠습니다. 무지의 오목함을 메워 주는 연민의 볼록함입니다.

러닝을 마친 뒤 1분간 휴식을 취하고 지옥의 팔벌려높이뛰기를 3백 개 했습니다. 근육이 뭉쳐서 30개-30개-40개로 나누어 백 개를 했고 이것을 3번 반복했습니다. 곧 한 번에 백 개를 할 수 있겠지요. 쉬면서 주먹에 붕대를 감았습니다. 관장님이 앞뒤 스텝을 뛰면서 잽을 뻗는 자세 연습을 세 라운드 시켰습니다. 어제 느낀 패배감을 만회하고자 마음을 굳게 먹고 자세를 취했습니다. 1분 정도는 제법 멋진 자세로 잽을 쳤습니다. 그러나 차츰 힘이 빠지면서 보폭이 좁아지고 스텝이 꼬이고 팔이 떨어졌습니다. 오늘도 졌습니다.

2라운드가 끝날 때쯤 관장님이 다가와 어제 글러브를 받았는지 물었습니다. 안 받았다고 하니 빨간색, 금색, 핑크색 중에서 하나를 고르랍니다. 신이 났습니다. 당연히 빨간색입니다. 3라운드를 마치고 글러브를 받았습니다. 관장님이 나를 샌드백 앞에 불러 세웠습니다. 글러브는 언제쯤 받을 수 있을까, 샌드백은 언제쯤 칠 수 있을까, 잔뜩 기대하고 있었는데 하루 만에 성사되었습니다. 일사천리입니다. 잽도 제대로 뻗지 못하는데 벌써 샌드백이라니. 글러브를 받았으니 한번 쳐보기나 하라는 것이겠지요. 글러브를 끼고 샌드백 앞에 서니 잠시 경건한 기분이 들었습니다.

"자, 쳐보세요."

스탠스 잡고 주먹 들고 제자리 스텝을 뛰다가 앞뒤 스텝으로 전환하여 가볍게 잽을 쳤습니다. 샌드백이 전달하는 묵직한 반작용이 주먹에 느껴졌습니다. 짜릿했습니다. 오, 이 맛이로구나. 어제오늘의 패배감이 말끔히 사라졌습니다.

"다리 조금만 더 벌리세요. 좋아요, 지금 자세 아주 좋아요."

그렇습니다, 나는 제법 운동 자세가 좋습니다. 몇 해 전 농구를 잠시 배울 때도 코치가 경기 중 나의 슛 폼을 보고 혼잣말로 "오, 자세 깔끔한데."라고 말한 바 있습니다. '철썩' 하며 깨끗하게 림을 통과했던 공. 하지만 1쿼터가 끝난 뒤 나의 저질 체력을 목격하고는 "기초 체력이 달리시네요."라고 말한 바 있습니다.

"자, 이번 라운드 포함해서……"

"관장님, 조금만 쉬었다 할게요."

"그래요, 잠깐 쉬었다가 다음 한 라운드만 더 뛰고 오늘 끝내죠. 그래도 할 만하죠?"

"팔을 들고 있기가 힘드네요."

"한 열흘 정도 지나면 괜찮아질 거예요."

앉아서 쉬기는 싫어서 훈련장을 왔다 갔다 하며 숨고르기를 하다가 링 위 현수막에 쓰인 글귀를 사흘 만에 읽었습니다. 성남에서 열린 전국 복싱 대회에 출전한 이 체육관 소속 선수가 사십대 80킬로그램 급에서 입상한 내용이 적혀 있었습니다.

'나도 한번 경기에 출전……' 하고 생각할 찰나 "땡". 운동시작한 지 얼마나 됐다고 그런 허튼 꿈을 꾸느냐는 듯이 공이 울렸습니다. 마지막 한 라운드입니다. 툭, 툭. 어깨는 저렸지만 주먹에 닿는 샌드백의 감촉이 좋았습니다. 흔들리는 샌드백에 맞춰 리듬을 타며 툭, 툭. 언젠가는 필리핀의 복싱 영웅 파퀴아오의 더블 잽을 흉내 낼 수 있겠지요. 푸유~~욱. 어디선가 바람 빠지는 소리가 들렸습니다. 주제도 모르고 돌출한 마음을 외면하는 샌드백의 비웃음이었습니다.

2015년 10월 7일 수요일

06

처음 보는 스파링, 베개 싸움

3일 연속 격한 운동을 했더니 전신에 근육이 뭉쳐 움직이기가 쉽지 않았습니다. 오늘은 쉬고 싶었으나 근육을 풀어주지 않으면 화장실 오가는 것도 힘들 것 같았습니다. 무리하지 말고 가볍게 몸이나 풀어야겠다는 마음으로 체육관에 갔습니다.

문을 여니 30대 초반쯤 되어 보이는 청년이 팔벌려높이뛰기를 하고 있었습니다. 옷을 갈아입고 스트레칭을 한 뒤, 트레드밀 위에서 가볍게 뛰었습니다. 종아리가 찌릿찌릿했습니다. 청년은 팔벌려높이뛰기를 마치고 앞뒤 스텝에 맞춰 자세 연습을 했습니다. 그가 운동하는 걸 보느라 잠시 정신줄을 놓는 바람에 벨트 위에서 꼬꾸라질 뻔했습니다. 운동 며

칠 했다고 근육이 피로해 주의가 분산된 것입니다. 역시 집중력은 체력에서 나옵니다. 정신력으로 부족한 체력을 견인하는 건 괴롭습니다. 정신을 차리고 벨트 상단으로 다시 올라가 러닝을 마치고 팔벌려높이뛰기를 시작했습니다. 옆에서 함께 운동하는 사람이 있으니까 긴장되었습니다. 약한 모습을 보이고 싶지 않아서 정신력으로 체력을 견인했습니다. 괴로웠지만 한 번에 백 개를 뛰는 데 성공했습니다. 청년 덕분입니다. 청년에게 경쟁의식을 느끼지 않았다면 오늘도 서른 개씩 마흔 개씩 끊어서 했을 것입니다.

백 개를 하고 앉아 쉬면서 잠시 생각했습니다. 운동을 너무 쉽게 하려고 했던 건 아닌가. 힘들 때마다 앉아서 쉬면 쉬는 게 습관이 된다는 걸, 체력을 기르려면 정신력이 필요하다는 사실을 간과했던 건 아니었나. 3백 개를 채우니 관장님이 와서 물었습니다.

"지금 2백 개씩 하고 계시죠?"

"아뇨. 3백 개씩 하고 있어요."

"아, 그러세요. 힘들어도 조금만 참으세요. 3백 개 이상은 안 하니까요. 아, 그리고 어제 잽까지 배우셨죠? 잽 네 라운드 뛰시면 오늘은 스트레이트 가르쳐 드릴게요."

아, 이제 오른손도 사용하는구나. 기대가 몸을 이끌었습니다. 거울 속의 복서. 역시 자세가 좋습니다. 그러나 시간이 지나면서 또다시 자세가 무너졌습니다. 다시 자세를 고쳐 잡았습니다.

"땡".

휴식.

휴식 시간에 관장님이 청년을 링 앞으로 불렀습니다. 링 사이드에 올라선 관장님이 청년에게 미트를 대주니, 청년이 폴짝폴짝 뛰면서 원투, 원투스리, 원투스리포 펀치를 날리기 시작했습니다. 미트 치는 소리가 체육관 안에 쩌렁쩌렁 울렸습니다. 동작을 멈추고 등을 돌려 숨을 헐떡거리는 청년에게 관장님 왈,

"아직 40개밖에 안 쳤어."

'원투 원투스리 원투스리포'가 1개인가 봅니다. 가혹해 보였습니다. 그러나 부러웠습니다. '나도 치고 싶다. 저 미트.'

"자, 자세 잡고 따라 해보세요."

청년의 훈련을 마치고 내게 다가온 관장님이 스트레이트 동작을 세 단계로 나누어 보여 주었습니다.

1단계, 상체와 오른쪽 발목 돌리기

2단계, 오른 주먹 뻗기

3단계, 주먹과 상체와 발목을 동시에 원위치로 돌리기

"어렵지 않죠? 구분 동작으로 네 라운드요."

스텝 없이 펀치만 뻗으니 몇 라운드고 할 수 있을 것 같았
습니다. 5라운드가 끝날 때쯤 고1 정도 되어 보이는 여학생
과 남자 어린이 세 명이 체육관으로 우르르 들어왔습니다.
오, 여학생, 스트레칭. 다리가 쭉쭉 찢어졌습니다. 생긴 지 얼
마 안 된 근육의 유연함. 부러웠습니다. 트레드밀 시속은 딱
봐도 10킬로미터를 넘었습니다. 나도 러닝 속도를 좀 올려야
겠습니다. 오, 어린이, 붕대감기. 어, 그런데?

"관장님, 어린이들 붕대는 제 거랑 좀 다르네요?"

"저거 옛날 붕대예요."

그 붕대 부러웠습니다. 오픈 핑거 장갑이 아니라 어린 시
절 텔레비전이나 만화책에서 보았던 복싱 선수들이 링에 오
르기 전에 대기실에서 감던 그 밴디지였습니다.

관장님이 어린이들에게 저 누나하고 스파링 한번 해보겠
느냐고 물었습니다. 아이들이 자신 없어 하자 관장님이 2대1
로 하면 되지 않느냐고 꼬였습니다. 스파링이 성사됐습니다.
여학생이 유려한 스텝과 펀치로 한 명씩 번갈아 가면서 콩콩
안면과 복부에 펀치를 넣었습니다. 세게 치기 없기로 한 스
파링이었지만 복부에 들어가는 펀치는 제법 둔탁한 소리를
냈습니다. 아이들이 이겨 내지 못하자 관장님이 "야, 옆에서
맞는 거 구경만 하지 말고 도와줘, 어서 도와줘." 하고 소리쳤

47

습니다. 독이 오른 아이들이 고음의 괴성을 지르면서 여학생에게 달려들었습니다.

"이야아~~~."

전세가 역전되었습니다. 여학생이 코너에 몰렸습니다. 아이들이 여학생을 무차별 공격했습니다. 여학생이 휘청거리면서 가드를 올렸습니다. 그러나 아이들은 펀치를 휘두르다 그만 제풀에 지치고 말았습니다. 그 틈을 타 코너에서 빠져나온 여학생은 헤드기어 속에서 삐져나온 머리카락을 글러브로 쓸며 하얀 마우스피스를 드러내고 밝게 웃었습니다. 공세를 이어 가진 못했지만 모처럼 반격에 성공한 아이들도 숨을 헐떡거리며 헤벌쭉 웃었습니다.

서로 상처 주지 않기로 합의한 폭력의 즐거움. 베개 싸움이 즐거웠던 이유도 아무도 다치지 않는다는 믿음 때문이었겠죠. 하지만 누군가 예기치 못한 강베개를 맞으면 순간적인 고요 속에서 터져 나오는 한 사람의 울음. 이어지는 목소리.

"애들아, 이제 그만하고 자자."

그리고 세수 대야에 담긴 물로 얼굴을 닦아 주던 자상한 손. 형제자매들은 그 손의 주인을 엄마 또는 이모라고 불렀습니다.

2015년 10월 8일 목요일

07

전진하는 몸과 마음

체육관 문을 여는 순간, 오른쪽에서 인기척을 느꼈습니다. 고개를 돌리니 사람의 얼굴이 아니라 발이 보였습니다. 아이고, 깜짝이야. 20대 중반의 여자가 기구에 거꾸로 매달려 윗몸일으키기를 하고 있었던 것입니다. 사람의 첫 모습이 물구나무라니. 그것 참. 처음 보는 물구나무와 눈이 마주치니까 기분이 묘했습니다. 저 물구나무의 세계에선 어떤 일이 일어나고 있을지……. 거꾸로 선 그녀에겐 오히려 내가 물구나무였겠지요. 사람은 서로에게 한 그루의 물구나무인 것은 아닐는지. 물구나무끼리 반목하지 않고, 한 사람의 가지와 한 사람의 뿌리가 서로 닮아 어우러지는 풍경을 꿈꾸면 안 되는지…….

관장님에게 인사하고 운동 준비를 했습니다. 스트레칭을 한 후 트레드밀. 오늘은 9킬로미터로 시속을 올렸습니다. 땀의 양이 많아졌습니다. 10분 정도 뛰니 밥 먹은 지 얼마 안 된 배가 아파 왔습니다. 시속을 7.5킬로미터로 내리고 가벼운 조깅과 힘센 워킹을 섞어서 남은 시간을 채웠습니다. 지옥의 팔벌려높이뛰기. 어제에 이어 오늘도 거뜬하게 1백 개 한 세트를 해냈습니다. 나머지 2, 3세트는 50개씩 끊어서 했습니다. 몸이 좀 달라진 것 같습니다. 20회 근처에서 장딴지를 괴롭혔던 통증이 30회를 넘긴 뒤에 찾아왔습니다. 종아리에 근력이 좀 붙었나 봅니다. 세 번째 세트를 하던 도중 샤워를 하고 가을 분위기 물씬 풍기는 옷으로 갈아입은 여자가 관장님에게 인사를 하고 체육관을 나갔습니다. 그 모습이 운동하던 모습과 전혀 달라 가방 안에 요술 지팡이라도 들어 있는 게 아닐까 의심스러웠습니다. 그리고 느꼈습니다. 나를 3초 정도 쳐다보던 그녀의 눈길을. 두리뭉실한 체형에 머리띠를 하고 시뻘게진 얼굴로 땀을 뻘뻘 흘리고 있는 내 모습이 명랑 만화 캐릭터처럼 우스꽝스러웠나 봅니다.

세 단계로 나누어 했던 스트레이트를 두 단계로 줄여서 세 라운드 뛰었습니다. 그 뒤 잽과 스트레이트를 연속으로 치는 원투 펀치를 세 단계의 구분 동작으로 세 라운드를 뛰었고, 구분 동작 없이 두 라운드를 뛰었습니다. 총 여덟 라운드. 관장님은 펀치 뻗는 동작을 몸에 배게 하려고 그랬는지 스텝을 뛰라는 말은 하지 않았지만, 오른쪽 어깨에 경련이 올 때는 가볍게 뛰면서 어깨를 풀고 앞뒤 스텝을 넣어 원투를 쳤습니다.

운동을 마친 후 스트레칭. 내 몸이 조금씩 변하고 있는 징후를 발견했습니다. 다리를 적당히 벌린 상태에서 허리를 있는 힘껏 숙여야 손가락 끝이 바닥에 간신히 닿았는데 오늘은 손가락과 손바닥이 만나는 부분이 닿았습니다. 또 바닥에 엉덩이를 깔고 앉은 상태에서 다리를 벌리고 상체를 오른 다리와 왼 다리 위로 번갈아 접는 동작도 훨씬 부드러워졌습니다. 기분이 좋습니다. 운동을 하고 나면 기분이 상쾌하고 몸이 뼈를 향해 전진하는 듯한 느낌이 들어서 즐겁습니다. 사고의 잔 근육들도 미지의 전방을 향해 기지개를 켤 것이라 믿습니다.

2015년 10월 12일 월요일

08

원 펀치와 투 펀치 사이에 무슨 일을 할 수 있나

체육관 문을 열었더니 세균 죽는 냄새가 강하게 났습니다. 관장님이 락스로 청소를 하고 있었습니다. 땀 흘리는 걸 방해하는 내 마음의 세균들도 사라지는 것 같았습니다.

시속 10킬로미터로 러닝을 시작했습니다. 무리였습니다. 5분을 달리니까 오른쪽 정강이뼈 옆 근육이 뭉치기 시작했습니다. 오른 다리에 부하가 많이 걸린다는 말입니다.

'호흡 조절엔 문제가 없었는데 어째서 오른쪽에 부하가 걸릴까. 오른쪽이 좀 허약했나?'

오늘 새로운 지옥을 보았습니다. 나의 원투 동작을 옆에서 보던 관장님이 다음 진도 나가자고 하며 스텝과 '잽 잽 원투'로 구성된 펀치 네 방 콤비네이션 시범을 보여 주었습니다.

마음이 설렜습니다. 하지만 직접 해보니 올바른 스텝을 넣으며 올바른 자세로 펀치를 던지는 게 여간 어려운 일이 아니었습니다. 혼자서 두 번째 라운드를 뛰고 있을 때 관장님이 다가와 잽이 너무 느리다면서 좀 더 빨리 치라고 했습니다. 순간 무하마드 알리가 조지 포먼을 조롱했던 말이 떠올랐습니다.

"그는 원투 펀치밖에 없는 데다가 속도가 워낙 느려서 원 펀치와 투 펀치 사이에 식사를 하고 돌아올 수 있을 정도다."

1974년에 자이르의 킨샤사에서 열린 무하마드 알리와 조지 포먼의 헤비급 세계 타이틀전은 '럼블 인 더 정글'이란 명칭으로 불리며 권투 역사상 최고의 명경기로 꼽힙니다. 당시 알리는 신체적 전성기가 지난 과거의 챔피언이었던 반면, 조지 포먼은 역사상 최고의 강펀치를 휘두르며 승승장구하던 현 챔피언이었습니다. 복싱 관계자들은 모두 포먼의 낙승을 예상했습니다. 이에 입담 좋기로 유명한 알리는 포먼을 도발하기 시작합니다.

"난 너무 빨라! 너무 빨라서 어제는 스위치를 내리고 불이 꺼지기도 전에 침대에 들어왔지."

이 같은 알리의 계속되는 심리전에 포먼이 말려들게 되고 알리는 아무도 예상 못한 전술을 들고 나와 기적 같은 승리를 이끌어 냅니다.(알리가 택한 전술은 로프를 등지고 포먼의 펀치를 끌어내 포먼이 지칠 때까지 기다렸다가 반격하는 것이었지요.)

알리를 떠벌이라고 하지만 원 펀치와 투 펀치 사이, 스위치를 내린 뒤 불이 꺼지기까지의 짧은 순간, 퀵실버가 아니고서는 도저히 운신할 수 없는 그 찰나의 순간을 물리적 시간으로 상정할 수 있는 상상력의 근원을 앞뒤 맥락 없이 나대는 화술의 힘으로만 치부할 수는 없을 것 같습니다. 일반인이 상상할 수 없는 혹독한 훈련을 거쳤기에 그토록 자신만만한 구강 펀치를 날릴 수 있었을 겁니다. 치밀하게 훈련한 사람만이 치밀한 전술을 수행할 수 있을 테니까요. 그래서 '연습은 시합같이 시합은 연습같이 하라'는 말이 성립되는 모양입니다.

이 경기를 조금 더 복기하고 싶네요. '럼블 인 더 정글'이 최고의 명경기로 꼽히는 까닭은 알리가 많은 사람들의 예상을 깨고 포먼을 이겼기 때문만은 아닙니다. 올림픽에서 금메달을 따고 왔는데도 흑인이라는 이유로 식당에서 내쫓기는 등의 인종 차별을 겪은 알리는 베트남전 참전을 거부합니다. 그들은 나를 한 번도 검둥이라고 모욕한 적이 없다. 이 사회에서 인간의 존엄성을 보장받지 못한 내가 왜 한 번도 본 적이 없는 그들을 죽이는 전쟁에 참여해야 하는가. 이게 알리가 징집을 거부한 이유였습니다. 이에 알리는 자신이 보유한 챔피언 벨트는 물론 선수 자격까지 박탈당하게 됩니다. 알리의 벨트는 조 프레이저가 차지하게 되었는데 조 프레이저는 조지 포먼에게 여섯 번의 다운을 빼앗기며 챔피언의 자리를 넘겨줍니다. 그 후에 성사된 경기가 바로 럼블 인 더 정글입니다. 알리는 미국의 보수 사회가 링 밖에서 빼앗아 간 자신의 벨트를 링 안에서 스스로의 힘으로 되찾은 것입니다. 자신의 생각이 옳다는 것을 복싱을 통해 증명한 집념의 승리라고나 할까요?

체육관으로 돌아와서

"잽 잽 원투, 잽 잽 원투. 스트레이트 칠 때 오른쪽 발목 돌리시고……"

구령에 맞춰 지속적으로 펀치를 내는 건 여간 힘든 일이 아니었습니다. 팔벌려높이뛰기가 지옥인 줄 알았는데 진짜 지옥은 따로 있었습니다. 하지만 이 지옥 깊숙이 들어가고 싶습니다.

오늘부터 복근 단련을 위한 윗몸일으키기를 시작했습니다. 기구에 거꾸로 매달려 가뿐하게 10개.

"헉헉, 열 개 다 했어요."

"다섯 개만 더 해보세요."

"네, 그런데 이거 허리에 안 좋은 거 맞죠? 제가 허리가 약간 불편해서요."

"그래요? 그럼 당분간 열 개만 하세요."

"몇 개만 더 해볼게요."

"그럼 조금만 더 해보세요."

물구나무의 세계로 접어드니 불편한 허리가 신경 쓰입니다. 하지만 몇 개만 더 해보기로 했습니다. 윗몸을 일으켰다 내리는 사이사이에 물구나무의 세계를 생각했습니다. 올림픽 챔피언을 박대하는 물구나무의 세계, 소수가 다수를 억압하는 물구나무의 세계, 좋아해서 괴롭히는 물구나무의 세계, 사랑이 집착이 되는 물구나무의 세계, 다가갈수록 멀어지는 물구나무의 세계, 이해가 오해가 되는 물구나무의 세계, 한눈 팔 때만 집중하는 물구나무의 세계, 그래서 날아드는 세상의 펀치. 물구나무의 세계는 통증의 세계인 걸까요. 어제 보았던 물구나무에게도 보이지 않는 통증이 있었을까요. 물구나무가 아픕니다. 물구나무가 아픕니다. 물구나무가 아픈 것은 물구나무만 압니다.

고작 다섯 개를 더 하는 데 별의별 생각을 다 합니다. 아이고, 허리야. 당분간 10개만 해야겠습니다.

2015년 10월 13일 화요일

09

흔들리는 샌드백, 샌드백 시학

이틀 전, 간단하다고는 할 수 없는 양의 술을 마셔서 어제 운동을 쉰 데다가, 오늘은 담배까지 사서 피웠더니 러닝이 무척 힘들었습니다. 그래도 8.5킬로미터의 속력으로 14분, 10킬로미터로 1분. 15분 동안 총 2.15킬로미터를 뛰었습니다. 지금까지 기록 중 최고입니다. 물론 별 것 아닌 시간과 거리입니다. 하지만 근 20년 동안 운동을 거의 하지 않은 사람임을 감안해야 합니다. 음주와 흡연 탓에 팔벌려높이뛰기를 백 개를 한 번에 하지 못했습니다. 술, 담배가 이렇게 해로운 것입니다. 조심해서 즐겨야겠습니다.

일본의 소설가 마루야마 겐지는 술과 담배를 젊음을 죽이는 적으로 간주했습니다. 세계의 대문호들이 술과 담배를 하지 않았다면 그 시간에 더 많은 걸작들을 집필했을 거랍니다. 일리 있는 말이긴 합니다만 술, 담배를 안 했다면 다른 걸 했을지도 모르죠.

온갖 음주 패악으로 외로움의 극한을 보여 주다가 별안간 술을 끊은 시인 S에게 물은 적이 있습니다.

"너 혼자 좋은 글 많이 쓰려고 술 끊은 거지?"

박장대소하며 대답했습니다. 여자 친구 꼬이려고 술 끊은 거라고. 결국 그는 그녀와 결혼하는 데 성공했습니다. 내가 S를 만나러 간다고 하면 걱정부터 하던 아내도 지금은 만나서 좋은 얘기 나누고 오라 합니다. 술을 끊으면 좋은 점이 있기는 분명히 있습니다. 하여간 조심해서 즐겨야겠습니다.

'잽 잽 원투'로 자세 연습 네 라운드를 하고 나니 관장님이 글러브를 가지고 나오랍니다. 드디어 샌드백을 다시 줄 모양입니다.

"쳐보세요."

자세 연습을 할 때와는 다르게 샌드백이 흔들리니까 거리를 맞추기가 어려워서 주먹과 스텝이 꼬였습니다. 그래도 타이밍을 맞춰 힘껏 주먹을 뻗어 샌드백을 쳤습니다. 이리저리 흔들리는 샌드백. 잘 치고 있는 줄 알았는데 관장님의 표정이 이상했습니다. 관장님 왈,

"지금 샌드백 잘못 치고 있는 거예요. 친 다음에 미는 게

아니고 얼른 주먹을 빼야 해요. 그래야 샌드백이 안 흔들려요. 툭툭 두들기듯이, 자 다시 한번. 잽잽 원투. 스트레이트 치실 때 발목이랑 허리 돌려 주시고. 예, 그렇죠."

새로운 것을 알았습니다. 샌드백이 흔들리면 잘못 치는 것이라니. 그리고 신기했습니다. 펀치를 치고 얼른 빼니까 펀치 스피드가 빨라지고 샌드백 치는 소리가 체육관에 펑펑 울리는 게 펀치력도 더 강해지는 것 같았습니다. 그리고 샌드백이 정말로 흔들리지 않았습니다.

'아, 조절된 힘이란 이런 파괴력을 갖는구나. 술도 이렇게 마셔야겠다. 몸이 흔들리지 않을 정도로. 직진 스텝을 밟을 수 있을 정도로.'

샌드백이 흔들리지 않으니까 스텝도 밟혔습니다. 시를 쓸 때도 이런 요령이 필요하겠습니다. 착상 하나에 너무 큰 야심을 가지면 흔들리는 샌드백 앞에서 무당춤을 춘 것처럼 평정심을 잃고 허우적거리기 쉽습니다. 툭툭, 가볍게 가볍게 단어를 던지듯이, 착상이 도망가지 않게. 복서는 상대방을 쓰러뜨려야 하지만 시인은 시를 세워야 합니다. 툭툭, 시가 넘어지거나 밀리지 않게. 툭툭. 펀치가 샌드백에 빠른 속도로 꽂히고 더 빠른 속도로 돌아옵니다. 시인은 화자를 내세웁니다. 화자는 시인의 아바타, 영혼의 병사. 시인이 보는 방향을 보고 시인이 움직이는 방향으로 움직입니다. 시인은 화자의 뒷

모습을 봅니다. 그동안 나는 내 화자를 돌려세워 그 얼굴을 보려고 아껴야 할 에너지를 소비한 건 아니었을까. 이렇게 다른 분야의 활동을 통해 자기 분야에 도움에 될 만한 깨달음을 얻었다는 허세를 부려야 운동하는 보람도 커집니다.

4라운드 중간쯤 되니까 더 이상 펀치를 뻗을 수 없었습니다. 복싱이 이렇게 힘들 줄 어느 정도 예상은 했습니다만 실제로 해보니 훨씬 더 힘들군요. 대회에 나가려면 3분에 360방의 펀치를 뻗을 수 있는 체력이 되어야 한다는 말을 어디선가 읽었습니다. 나는 그렇게 뻗을 수 있을까요. 뻗을 수는 없어도 맞을 수는 있겠지요. 쓰러지지만 않는다면. 가만, 뻗을 수 없다면 나갈 수 없으니 맞을 수도 없겠군요.

글러브를 벗고 붕대를 풀고 윗몸일으키기 거뜬하게 10회. 그리고 마무리 스트레칭. 운동 후 스트레칭을 할 때 쭉쭉 늘어나는 근육이 주는 쾌감은 펀치를 샌드백에 꽂을 때의 쾌감에 맞먹습니다.

집 청소 예정이라 샤워는 걸렀습니다. 탈의실에서 가방을 메고 나오니 관장님이 만면에 웃음을 머금고

"어때요? 할 만하시죠?"

"힘들고 재미있어요."

관장님은 나를 다소 흐뭇하게 여기는 것 같습니다.

체육관 계단을 후다닥 내려가다가 잠시 멈춰서 벽에 붙은

포스터를 보았습니다. 파나마의 돌주먹 로베르토 두란, 디트로이트의 코브라 '히트맨' 토마스 헌즈와 함께 중량급 4대 천왕이라 불리며 80년대 복싱 흥행을 주도했던 천재 복서 '슈가' 레이 레너드와 대머리 철완 '마블러스' 마빈 해글러. 그 둘과 기념 촬영을 하고 가방에 들어 있던 초코 우유를 꺼내 쪽쪽 빨아 먹으며 귀가했습니다.

2015년 10월 15일 목요일

10

땀은 진취, 눈물은 도취

체육관에 들어선 순간, 여자 관원 한 명과 남자 관원 한 명이 몸을 풀고 있는 모습이 보였습니다. 남자 관원은 아마추어 대회를 준비하는 20대 초중반이었고, 여자 관원은 윗몸일으키기를 하던 그 물구나무였습니다. 관장님이 남자 관원의 방어 연습을 돕기 위해 여자 관원과의 스파링을 주선했습니다. 남자는 방어만 하고 여자는 공격만 하는 스파링입니다. 관장님은 여자 관원에게 지금까지 배운 펀치를 모두 사용해서 공격하라고 했습니다. 공이 울리자 여자 관원은 이런 상황이 처음이어서인지 쑥스러워 주먹을 뻗을 듯 말 듯 했습니다. 관장님이 진지하게 공격하라고 주의를 주었습니다. 방어하는 사람보다 공격하는 사람이 더 힘들어 보였습니다. 링을 빙글빙글 도는 남자와 여자, 남자는 여자의 주먹을 손으로 막고 위빙(상체를 U 자 모양으로 숙였다 펴면서 공격을 피하는 기술)으로 피했습니다. 남자는 조금씩 지쳐 갔고, 여자는 조금씩 날카로워졌습니다. 그러던 중 안면에 정타가 한 방 들어갔습니다. 관장님이 "오 정타" 소리를 쳤고 남자는 조금 휘청거렸습니다. 관장님이 여자에게 말했습니다.

"야, 너 체육관에서 그렇게 밝게 웃는 모습 처음 본다. 어때? 맞추니까 재밌지?"

만면에 웃음을 머금고 남자를 쫓아가는 여자. 열기 속에서 옅은 향기가 났습니다. 물구나무의 마음속에 꽃이라도 피었나 봅니다. 그녀에게 물구나무만 아는 통증이 있다면 그 꽃이 잠시나마 그 통증을 완화해 주기를…….

3라운드 종료를 알리는 공이 울렸습니다. 스파링이 끝났습니다. 그녀를 물구나무 대신 스탠스가 상당히 안정적이고 스트레이트를 날카롭게 뻗는 사람으로 기억하기로 했습니다.

샌드백. 어제는 나 혼자 하나의 샌드백을 쳤는데 오늘은 남자 관원과 내가 샌드백을 가운데 놓고 양쪽에서 함께 쳤습니다. 이러한 훈련을 시킨 까닭은 링에서 충돌하는 에너지의 크기를 조금이나마 느껴 보도록 하기 위해서일 겁니다. 그의 펀치와 나의 펀치가 동시에 샌드백에 닿을 때는 묘한 긴장감을 느꼈습니다.

운동을 마치고 체육관을 나서는데 기분이 좀 우울했습니다. 젊은 남녀가 함께 땀 흘리는 모습을 봐서일까요. 실의에 빠져 술에 의존했던 내 열아홉과 스무 살 시절이 떠오릅니다. 돌이켜 보면 나는 꼬여 버린 진로 때문에, 사랑이라 믿었던 착각 때문에, 멀어져 가는 꿈 때문에, 희뿌연 미래의 전망 때문에 눈물만 흘린 찌질이였습니다. 땀은 한 방울도 흘리지 않은 것 같습니다. 왜 그렇게 눈물만 흘리고 살았을까요? 뜻대로 되지 않는 것들 때문이었을까요? 아닌 것 같습니다. 뜻대로 되지 않는 것들 때문이 아니라 땀 흘리는 것보다 눈물 흘리는 게 훨씬 더 쉽고 편했기 때문이었던 것 같습니다. 그토록 간절히 원하는 게 있었다면 진실하게 매달리면 되는 거였습니다. 그것을 하면서 땀을 흘리면 되는 거였습니다.

한 몸에서 나오는 두 액체, 땀과 눈물의 차이는 무엇일까요. 땀은 진취, 눈물은 도취 아닐까요. 가만히 생각해 봅니다. 그 시절의 나는 정말 눈물에 도취되어 한 방울의 땀도 흘리지 않았을까요. 그렇다고 하면 내가 너무 형편없는 사람인 것 같아 마음이 불편합니다.

'그렇지는 않을 거야. 아무것도 안 하고 울기만 하는 사람이 세상에 어디 있어. 뭔가를 하긴 했을 거야. 그러니까 눈물도 흘렸겠지. 다만 내가 기억하지 못하는 걸 거야.'

망각의 벽이 그때의 나와 지금의 나를 가로막고 있기 때문이라고 위로합니다. 후회하지 않기로 합니다. 스무 살의 내가 살고 있는 별은 지금으로부터 광년 밖으로 멀어져 그때는 그때대로 진행형일 테니까요. 슬퍼 울면서도 한 걸음 한 걸음 나아가고 있을 테니까요. 어쩌면 그때 나는 한 방울의 땀도 흘리지 않았다고 스스로를 깎아내리면서 그 시절을 반성하고 있는 지금의 내 모습에 도취되어 있는 것인지도 모르니까요. 한때의 나였던 그에게 메시지를 남깁니다. 그가 지금을 지나다가 우연히 볼 수도 있으니까요. 자기가 남긴 줄도 모를 미지의 메시지를.

"이봐, 나는 오늘 땀을 한 바가지나 흘렸다구. 넌 어떻지? 눈물은 좀 말랐나?"

광년의 시간이 때론 순식간에 흘러 이 메시지를 읽은 그가 답장을 보냅니다.

"이봐, 누군지는 모르지만 나도 오늘 땀을 한 바가지 흘렸다구. 하지만 오늘, 온몸을 흠뻑 적신 땀은 온몸으로 흘린 눈물 같기만 하군."

진취적인 도취의 끝에 청춘이 사라진 텅 빈 광장이 마음속에 드넓게 펼쳐지고 있습니다.

2015년 10월 16일 금요일

65

11

구성되는 몸

아침에 눈을 떴을 때부터 몸이 무거웠습니다. 뭉친 근육을 주말 이틀 동안 충분히 풀어 주지 않아서 그런가 봅니다. 운동을 시작한 지 2주. 움직이지 않으면 불편함을 느끼는 상태가 되었습니다.

트레드밀 위에 있는 게 힘겨웠습니다. 걷다가 갑갑해서 시속을 올렸다가 힘들어서 걷다가, 15분을 걷다가, 이대로 걷기만 하다가 끝내기는 싫어서 러닝 5분을 연장하고 천천히 뛰다가 마지막 1분 동안 시속 15킬로미터로 뛰었습니다. 그것이 내 전력 질주의 속력인지는 모르겠습니다.

전력 질주. 언제가 마지막이었는지는 기억나지 않지만, 고등학교 체력장 1천 미터 달리기는 기억납니다. 운동장 다섯 바퀴를 뛰면 천 미터였습니다. 순발력과 민첩성은 양호했지만 지구력이 약해서 체력을 안배하고 뛰어 봤자 꼴등할 게 뻔했습니다. 처음부터 전력 질주를 했습니다. 무리 중에 축구부 녀석 둘이 끼어 있었습니다. 체력 좋은 녀석들을 잠깐이나마 앞서고 싶었습니다. 세 바퀴까지는 1등으로 달렸습니다. 그 뒤로 점점 처지기 시작해 결국 꼴찌로 들어왔습니다. 전혀 후회하지 않았습니다. 꼴찌로 출발해서 꼴찌로 도착하는 것보다 백배는 낫습니다. 레이스의 절반 이상을 1등으로 달렸으니까요. 체육 선생님은 헐떡거리는 내게 다가와 처음부터 너무 빨리 뛰었다고 충고했습니다. 그러나 힘을 몰아쓰지 않고 나누어 썼다 해도 결과는 마찬가지였을 겁니다.

그 레이스에서 나는 분명 전성기가 있었습니다. 전성기 때 은퇴를 선언한 스포츠 스타의 아름다운 커리어를 생각합니다. 내가 좋아하는 야생마. 야구를 더 잘할 자신이 없고 옛 소속 팀 선수들에게 제대로 공을 던질 수가 없어서 억대의 연봉을 포기하고 미련 없이 시즌 중에 은퇴를 선언, 기타를 들고 무대에 오른 감성적 스포츠맨 이상훈. 그가 시즌 중에 팀을 떠났듯이 내가 그 레이스의 정점에 있었을 때 완주하지 않고 교문 밖으로 뛰쳐나갔다면 어떻게 되었을까요. 아마 붙들려 와서 몇 대 맞은 뒤 처음부터 다시 뛰었겠지요.

따지고 보면 그건 내가 원한 레이스가 아니었습니다. 도대체 왜 달리기를 오래 해야 하나요. 왜 내가 원하지도 않은 레이스에서 꼴찌로 뛰어야 하나요. 내 지구력을 측정해서 뭐에다 쓰려고 하나요. 트랙을 벗어날 수는 없어도 트랙 위에서 벌어지는 레이스를 구성할 수는 있지 않을까요. 적어도 나는 그 레이스를 내 뜻대로 구성했습니다. 그래서 잠깐이나마 즐거웠습니다. 물론 꼴찌였습니다만, 그 순위가 지금의 내게 미치는 영향은 거의 없습니다.

뛰다 보니 오른쪽 무릎에 통증이 왔습니다. 통증을 무릅쓰고 시속을 유지했습니다. 그게 더 즐거울 것 같았습니다. 구성은 즐겁게 하는 게 좋습니다. 무릎엔 파스나 한 장 붙여 주죠 까짓것.

관장님이 내게 오늘 훈련에 대해 짧게 브리핑을 해주었습니다. '잽 잽 원투' 네 라운드를 뛴 다음에 새로운 기술을 하나 더 배우기로 했습니다. 새로 배운 기술은 '잽 잽 원투'를 친 다음에 뒤로 빠졌다가 다시 들어가면서 '잽', 펀치 다섯 방 콤보.

"쳐보세요."

'잽 잽 원투 잽', '잽 잽 원투 잽'. 턱을 바짝 당기고 가드를 올리고 수풀 속에서 사냥감을 노리는 토끼. 나는 토끼입니다. 75년생 토끼입니다. 궁지에 몰리면 토끼도 사냥을 합니다. 나는 내 살이 밀어붙인 궁지에 몰렸습니다. 궁지에 몰린 토끼가 거울 속의 비만 토끼를 사냥합니다.

"예, 아주 좋아요."

4라운드를 마치고 샌드백을 쳤습니다. 펀치 다섯 방을 연속으로 치니까 힘 조절이 잘 안되어 샌드백이 좀 흔들렸습니다. 샌드백이 흔들리지 않게 힘 조절에 신경을 쓰니까 힘이 많이 들었습니다. 가드가 점점 떨어졌습니다. 기진맥진. 호흡이 거친 나의 포옹을 샌드백은 다 받아 주었습니다.

내 몸에 잠재해 있던 문제점들이 2주 동안의 운동을 통해서 드러나기 시작했습니다. 오른쪽 손목의 고질적인 통증, 왼쪽 무릎에서 오른쪽 무릎으로 셔틀 런을 하는 관절염. 허리 부근 척추 오른쪽의 뻐근함. 하지만 배에서 완벽하게 사라졌던 좌우 복근의 세로줄과 가슴살에 파묻혔던 갈비뼈의 윤곽이 나타나기 시작했습니다. 아주 희미하게. 내 몸이 구성되고 있는 것입니다.

2015년 10월 19일 월요일

12

기상천외한 체중 감량

모처럼 체육관이 한산했습니다. 자세 연습 네 라운드를 마치자 관장님이 갑자기 링 사이드에 올라가더니 양손에 테니스 라켓 모양으로 생긴 미트를 들고 탕탕 맞부딪친 뒤 이거 쳐보았느냐고 물었습니다. 당연히 없죠. 며칠 전 30대 초반의 남자가 고통스럽게 미트를 치던 모습이 떠올라 약간 긴장한 상태로 관장님의 설명을 들었습니다. 내 왼손이 관장님의 왼손, 내 오른손이 관장님의 오른손, 그러니까 마주 보고 있는 상태에서 내가 던지는 펀치는 관장님에게 대각선으로 날아가게 됩니다.

'잽 잽 원투 잽', '잽 잽 원투 잽', '잽 잽 원투 잽'. 내 몸에 달린 내 팔인데 왜 이리도 움직이는 게 힘이 들까요. 쉴 새

없이 날아드는 관장님의 미트. 관장님은 속으로 이런 말을 했을 것만 같습니다.

'치지 않으면 맞는 거예요.'

나는 속으로 이런 말을 했던 것 같습니다.

'그냥 몇 대 맞으면 안 될까요?'

잽을 던지는 왼팔은 정말이지 뚝 떨어져 나갈 것만 같았습니다. 관장님은 "하나 더, 하나 더, 하나만 더"를 외치며 계속 미트를 냈습니다. 팔을 들고 있는 것 자체가 너무 고통스러워 두 번인가 뒤로 물러났습니다. 관장님은 미트를 맞부딪치며 나를 독려했습니다. 다시 이를 악물고 미트를 향해 펀치를 날렸습니다. 고통으로 얼굴이 구깃구깃 구겨지는 걸 또렷이 느꼈습니다. 때리다가 지친다는 말을 몸소 체험했습니다. 라운드 종료를 알리는 공이 울렸습니다. 활짝 웃는 관장님 왈, "수고했어요. 쉬었다가 샌드백 네 라운드요."

호흡이 정상으로 돌아오는 데에만 거의 한 라운드가 걸렸습니다.

미트에 샌드백까지 치고 났더니 기분이 들떠서 관장님에게 물었습니다. 현수막을 손가락으로 가리키며

"저 정도 대회에 나가는 분들은 운동 얼마나 하고 나가는 거예요?"

"대회에 나가려면 스파링을 많이 해야 해요. 사람마다 다

른데 빠르면 1년, 늦으면 3년 정도 걸려요."

'1년에서 3년이라. 1년에서 3년. 3개월 정도 훈련을 받으면 스파링을 시작할 수 있으려나.'

아직 벌어지지 않은 일들이 나를 흥분시켰습니다.

집에 돌아와 내가 어떤 체급인지 알아나 보려고 아마추어 복싱 체급표를 찾아보았습니다. 라이트 헤비급(-81kg)이고 싶었습니다. 하지만 지금은 슈퍼 헤비급(+91kg). 두 체급이나 내려야 한단 말인가요. 무리입니다. 순간 기가 막힌 생각이 떠올라 아내에게 도움을 청했습니다. 체중계 앞으로 아내를 불러 머리카락을 싹싹 위로 쓸어 모아 이것 좀 잡고 있으라 하고 체중계에 올라섰습니다. 체중이 줄었습니다. 머리카락의 무게가 무려 1.3킬로그램이었습니다. 기상천외한 방법으로 한 체급을 내린 것입니다. 나는 헤비급입니다. 헤비급은 뚱뚱한 사람들의 체급이 아니라 커다란 사람들의 체급입니다.

2015년 10월 20일 화요일

라운드 2

두려움과 벌이는
난타전

"너와 나, 그리고 모든 사람들에게
인생이란 건 결국 난타전이야.
네가 얼마나 센 펀치를 날리는가가 아니라
네가 끝없이 맞아 가면서도 조금씩 전진하며
하나씩 얻어 나가는 게 중요한 거야.
계속 전진하면서 말이야. 그게 바로 진정한 승리야.
몇 대 맞지 않으려고 남과 세상을 탓해선 안 돼."

–영화 〈록키 발보아〉 중에서

마닐라의 전율과 첫 번째 위기

　무하마드 알리가 베트남전 징집을 거부하여 챔피언 벨트는 물론 선수 자격까지 박탈당하자 조 프레이저는 알리에게 경제적 도움을 주는 한편, 닉슨 대통령을 만나 알리가 선수 자격을 회복할 수 있게 해달라고 요청하기도 합니다. 1970년 베트남 전쟁에 대한 여론이 부정적으로 바뀌고 알리가 챔피언 타이틀을 박탈당한 것은 부당하다는 판결을 대법원이 내리자 알리는 다시 링에 오를 수 있게 됩니다. 복귀 후 두 차례의 경기를 승리로 이끈 후 알리는 프레이저와 첫 번째 대결을 펼칩니다. 당시 알리의 전적은 31전 전승 26KO, 프레이저의 전적은 26전 전승 23KO. 무패의 전 챔피언과 무패의 현 챔피언이 펼친 두 사람의 1차전은 복싱 역사상 최초로 '세기의 대결'이라는 명칭이 붙은 경기였습니다. 이 경기를 바라보는 사람들은 두 부류로 나뉘었다고 합니다. 알리를 좋아하는 사람과 알리를 싫어하는 사람. 알리는 인종 차별 반대와 반전 메시지를 전달하여 젊은 진보층의 지지를 받았습니다. 반면 프레이저는 정치적 색깔을 드러내지는 않았지만 알리를 싫어하는 보수적인 장년층의 지지를 받았습니다. 이에 알리는 프레이저를 엉클 톰, 고릴라 등으로 부르며 조롱하기 시작했고 프레이저를 지지하는 흑인은 배신자라는 말을 퍼뜨리며 여론을 선동했습니다. 프레이저는 알리에게 큰 배신감을 느꼈습니다.

두 사람은 복싱 스타일과 성격 면에서도 큰 차이를 보입니다. 알리가 현란한 입담과 풋워크를 가진 아웃복서인 반면, 프레이저는 과묵하고 성실한 성격을 지닌 저돌적인 인파이터입니다. (이 두 사람의 상반된 스타일은 1976년에 개봉된 영화 〈록키〉의 인물 설정에 영향을 준 것 같습니다. 알리는 아폴로 크리드, 프레이저는 록키 발보아의 모습과 오버랩됩니다.) 이 경기에서는 프레이저가 멋진 레프트훅으로 알리를 한 차례 다운시키며 판정승했습니다. 1974년에 열린 2차전에서는 알리가 판정승을 거둬 두 사람의 전적은 1승 1패가 됩니다. 그리고 마지막 3차전이 필리핀의 마닐라에서 벌어지는데, 숨도 쉬기 어려운 무더위 속에서 1라운드부터 14라운드까지 한 치의 양보도 없이 치고받은 이 경기를 사람들은 '마닐라의 전율'이라 부릅니다. 이 경기에서는 아무도 패배하지 않았습니다. 15라운드가 시작되기 전 프레이저의 세컨드가 선수의 동의 없이 경기를 포기했을 뿐입니다. 프레이저에게는 그의 세컨드만 알고 있는 비밀이 있었다고 합니다. 백내장 때문에 왼쪽 눈의 시력을 거의 상실한 채로 십여 년을 살아온 것입니다. 그런데 이 경기를 치르면서 오른쪽 눈까지 부어올라 거의 앞을 보지 못하는 상태에서 알리의 주먹을 맞고 있었던 겁니다. 이 때문에 세컨드는 경기를 지속하면 프레이저가 죽을지도 모른다고 판단했습니다. 하지만 경기 후에 쓰러진 것은 오히려 알리였습니다. '마닐라의 전율'에서 알리와 프레이저가 상대방을 가격한 정타 수만 각각 520방과 440방이었다고 합니다. 그야말로 죽기 직전까지 싸운 것입니다. 그들은 투신이었습니다. 아무도 말리지 않고 아무도 쓰러지지 않았다면 그들은 죽을 때까지 싸웠을 겁니다.

새로 배운 펀치는 잽잽 원투 원투. 펀치 6방 콤보. 펀치 한 방을 더 칠 때마다 소모되는 힘은 몇 배로 늘어납니다. 몸에도 무리가 오기 시작합니다. 스트레이트를 칠 때 허리를 힘차게 돌릴 수가 없었습니다.

샌드백을 치는 도중 남자 중학생 두 명이 스파링을 했습니다. 두 사람의 체격을 보니 두세 체급은 차이가 났습니다. 더 큰 학생이 거의 구타 수준의 공격을 했습니다. 작은 학생은 복부를 파고드는 주먹에 속수무책이었습니다. 큰 학생은 눈앞에 있는 상대방의 존엄성 따윈 안중에 없이 무조건 이기고야 말겠다는 무자비한 승부 근성을 드러냈습니다. '수컷들의 힘겨루기란 저런 거였지.' 보다 못한 관장님이 큰 학생에게 공격할 때는 왼손 잽만 사용하라고 했습니다. 하지만 이미 승부가 난 스파링이었습니다.

첫 번째 위기가 찾아왔습니다. 오늘, 운동이 너무 힘들었습니다. 한 학생이 일방적으로 맞는 걸 보는 것도 괴로웠습니다. 알리와 프레이저는 무엇을 지키고 무엇을 증명하기 위해 죽음 직전까지 상대방을 몰아붙였던 것일까요. 난 왜 이렇게 힘든 운동을 선택했을까요.

집에 돌아와 뉴스를 보는데 말미에 걱정이 많고 부정적인 생각을 자주 하는 사람이 창의성이 뛰어나다는 보도가 나왔습니다. 요즘 가급적 맑고 깨끗한 뇌 상태를 유지하려고는 하지만 나야말로 걱정과 부정의 화신 아니던가요. 내 불안을 창조적인 에너지로 바꾸는 걸 방해하는 나쁜 에너지. 그것을 태워 버리는 것. 내 몸과 생각의 존엄성을 지키는 것. 그것이 체력 단련과 더불어 내가 복싱을 시작한 이유였지요. 다시 힘을 내야겠지요.

2015년 10월 22일 목요일

02

지식인의 스파링, 토론

　내가 앉아 있는 자리에서 반경 1미터 내에 있는 사람들이 30분 안에 사라지는 문단 술자리와는 달리, 아무도 없는 체육관에 들어와서 운동을 하고 있으면 사람이 점점 많아집니다. 오늘은 최대 여섯 명이 함께 훈련했습니다. 운동을 목적으로 혼자 오는 사람들이라서 끼리끼리 어울리지 않습니다. 서로 말을 하지 않아도, 거울에 비친 모습에 호기심만 가져도 교감이 일어납니다. 똑같은 땀, 프로가 아닌 아마추어의 땀을 흘리고 있기 때문입니다.

　프로는 쉽게 말해서 전문적 기술을 발휘하여 일을 하고 돈을 받는 사람들입니다. 돈을 받았으니 최선을 다해서 일을 해야 합니다. 그러나 프로답지 못한 사람들이 더러 있습니다. 역사 교과서 국정화 찬반 토론을 보았습니다. 공개 토론은 전문가들이 지식과 견해를 겨루는 스파링이라고 할 수 있겠습니다. 이름만 대면 알 만한 사람들이 사회자를 중심으로 찬성 측과 반대 측으로 나뉘어 같은 편 주장을 옹호하거나 다른 편 주장을 반박하며 격렬하게 의견을 개진했습니다. 그중 한 사람, 유독 눈에 띄는 사람이 있었습니다. 그가 해박한 지식을 가졌거나, 상대방이 펼치는 논리의 허점을 정확하게 지적하는 촌철살인의 반론을 펼쳤기 때문이 아니었습니다. 삐딱하게 앉아서 상대방이 무슨 말을 하든, 자기모순이 드러나든 말든, 시종일관 자기 주장만 하는, 토론의 원리는커녕 대화의 원리도 지키지 않는 그의 태도 때문이었습니다. 공개 토론에 출연하기로 마음먹었다면 초등학교 교과서에도 나오는 대화 예절 정도는 숙지하고 있어야 하는 거 아닌가요. 방청객들과의 질의응답 시간엔 더 가관이었습니다. 성실한 답변은커녕 질문한 방청객을 다그치듯 했습니다. 토론의 목적은 설득입니다. 그렇게 안하무인한 태도로는 그 누구도 설득할 수 없다는 걸 그 정도 연륜의 학자가 모른다는 사실이 충격이었습니다. 자기 생각에 도취되어 자족감에 젖어 살 것이면, 공개된 장소에 나오지 말고 혼자 탁상 철학이나 하면 좋을 것입니다. 왜 나와서 출연료까지 받아 가며 대중을 소외시키는지요.

펀치를 치다가 생각이 샜습니다. 새는 건 좋은 겁니다. 뭔가를 해야 딴 곳으로 샐 수 있습니다. 아무것도 하지 않으면 새지도 않습니다.

몰랐던 것을 배우면 앞으로 나아가는 듯한 기분이 들어서 좋습니다. 오늘은 '잽잽 원투 잽'과 '잽잽 원투 원투'를 섞어서 자세 연습을 했고 샌드백을 쳤습니다.

오늘은 두 가지의 구경거리가 있었습니다. 한 가지는 관장님의 섀도복싱. 역시 전문가라 주먹이 허공에도 팍팍 잘 꽂혔습니다. 스피드도 놀라웠습니다. 관장님의 펀치는 전문적이긴 했지만 어렵지 않았습니다. 매우 쉬웠습니다. 나를 소외시키지 않았습니다.

'아, 맞으면 죽겠구나.'

또 한 가지 구경거리는 30대 중반 남자의 펀치 피하기 훈련. 링 사이드에 올라선 초등학생이 헤드기어를 쓴 그의 안면을 향해 펀치를 날리면 그가 펀치를 피하는 훈련이었습니다. 남자는 두꺼운 허리를 요리조리 움직이며 펀치를 잘 피했습니다. 옆에서 관장님이 외쳤습니다.

"맞는 사람이 바보야. 어려워하지 말고 최대한 많이 맞춰."

오, 어린이. 제법 몇 방을 맞췄습니다.

피하기 훈련을 마친 남자가 샌드백을 쳤습니다. 그와 나는 훈련 시간이 비슷해 체육관에서 자주 만납니다. 언젠가 관장

님이 저 남자와 스파링을 붙일 것 같습니다. 저 남자, 펀치 속도가 장난이 아닙니다. 체격은 딱 벌어져서 한눈에 보아도 통뼈입니다. 박종팔 선수가 미국에서 15라운드에 KO로 물리친 비니 커토를 연상시키는 체형입니다. 저 남자하고 스파링 붙으면…… 얻어터질 것 같습니다. 어릴 때 파리약을 마셔서 내구성이 약한 나로서는 스파링 안 붙게 잘 피해 다녀야 할까 봅니다. 그래도 탈의실에서 만나면 인사를 꼬박꼬박 잘합니다. 다행입니다. 성품이 착한 것 같습니다.

체육관에는 여러 종류의 음악이 흐릅니다. 영화 〈록키〉의 주제가 〈going to distance〉, 퀸의 〈we are the champion〉, 쓰레기스트의 〈메탈간지〉, 그리고 일본 영화 〈20세기 소년〉의 사운드 트랙인 걸로 기억하는 음악과 고속도로 뽕짝 비슷한 음악도 나옵니다. 다양한 장르의 음악이 서로 버팅(복싱 경기에서 두 선수의 이마가 부딪치는 일)하지 않고 라운드를 치르고 있다고 볼 수 있습니다.

복싱 경기에서 버팅은 심심치 않게 일어납니다. 버팅 때문에 선수가 심하게 부상을 입으면 경기가 중단되기도 합니다. 이 버팅을 교묘하게 활용하는 약아빠진 선수도 있습니다. 펀치만 가지고는 상대방을 못 이길 것 같아서 그러겠지요. 그런데 선수가 펀치에 맞기 싫다고 빙빙 돌면서 버팅만 하려들면 경기가 원활하게 진행되지 않습니다. 토론은 구강 스파링입니다. 스파링을 피하지 마십시오. 당신은 이미 출연료를 받았습니다. 김태식 선수는 말했습니다. 대전료를 받았으니 아파도 편하게 맞아야 한다고. 그게 프로라고. 피하면서 버팅만 하려 들지 말고 스파링하시라. KO 당하지 않는다고 당신이 이기는 건 아닙니다. 심판이 판정합니다. 시청자와 방청객은 토론의 심판입니다. 탁상의 노장이여, 심판들은 압니다. 실력이 좋은 선수일수록 차분하게 경기한다는 것을. 심판들은 알고 있습니다. 당신이 졌다는 것을.

샌드백 치기에 지쳐 가던 무렵 오, 너바나의 〈smell like teen spirit〉. 샌드백 신나게 두들기고 기진맥진. 이렇게 셋째 주 훈련이 끝났습니다.

2015년 10월 23일 금요일

03

복서의 담배, 시인의 담배, 체 게바라 라이터

어제 책상을 정리하다가 쓰고 남은 담배 필터와 담배 종이가 눈에 띄었습니다. 담뱃값이 터무니없이 올라서 좀 싸게 피울 담배를 찾다가 롤링 타바코를 잠시 애용했었습니다. 그러다 마는 게 귀찮고 마는 시간이 아까워 멀리했는데 다시 보니 몽땅 없애 버리고 싶어서 담뱃잎 한 봉지를 샀습니다. 술과 담배처럼 불필요한 것은 빨리 써서 없애야 한다고 고등학교 때 지구과학 선생님께서 말씀하셨습니다. 지구를 사랑하는 마음에 그리 말씀하셨나 봅니다.

글 쓰는 사람과 담배는 바늘과 실처럼 떼려야 뗄 수 없는 관계인가 봅니다. 마트 트웨인은 담뱃불을 빌리기 위해서 이 세상에 왔다고 했습니다. 에릭 번스가 쓴 『신들의 연기, 담배』라는 책에서는 「피터 팬」의 작가 제임스 매튜 배리가 담배 보급에 앞장섰던 월터 롤리의 이름을 따서 국명을 잉글랜드 대신 롤리랜드로 하자고 제안했었다는 내용이 나옵니다. 이 정도면 네버랜드의 배신자라고 할 만합니다. 민족시인 김소월은 '담배'라는 제목의 시를 남겼고 천재 시인 이상은 마음을 담배에 비유하기도 했습니다.

> 내 마음의 크기는 한 개 궐련 기러기만 하다고 그렇게 보고,
> 처심處心은 숫제 성냥을 그어 궐련을 붙여서는
> 숫제 내게 자살을 권유하는도다.
> 내 마음은 과연 바지작 바지작 타들어 가고 타는 대로 작아 가고,
> 한 개 궐련 불이 손가락에 옮겨 붙으렬 적에
> 과연 나는 내 마음의 공동空洞에 마지막 재가 떨어지는 부드러운 음향을 들었더니라.
>
> —「무제」 중에서

주위에도 '담배' 하면 생각나는 사람이 몇 명 있습니다. 나와 같은 대학 영문과를 나온 시인 S는 항상 인문대 앞에 있는 벤치에 앉아서 책을 읽거나 비행운을 바라보며 담배를 피웠습니다. 그랬던 그가 한동안 보이지 않아서 궁금했는데 어느 날 다시 벤치에 나타났습니다. 어딜 다녀왔는지 물으니

병원에서 방금 퇴원했답니다. 그는 기흉 환자입니다. 담배를 피우면 연기가 폐를 어루만져 주는 것 같아서 기분이 좋아진답니다. 또 한 사람은 내가 다녔던 공대 같은 과 후배인 시인 K. 아버지가 담배 남은 거 있으면 하나만 달라고 해서 고민하다가 없다고 했는데 그 이유가 돗대를 드릴 수는 정말이지 없더라는 것이었습니다. 그리고 선배 시인 K. 그는 담배 인삼공사의 홍보 문구를 써서 평생 담배를 무상으로 지급받는다고 들었는데 담뱃값이 오른 지금도 유효한지 모르겠습니다. 선배 시인 P는 덥수룩한 수염 밖으로 담배 연기를 내뿜는 모습이 이 세상에 없는, 천사들이 지켜 주는 술과 꽃의 낭만 도시와 영적으로 닿아 있는 듯한 인상을 줍니다. 그는 항상 체 게바라 얼굴이 붙어 있는 지포 라이터로 담뱃불을 붙입니다. 언젠가는 술자리에서 잃어버리지 않을까 했는데 여전히 그의 라이터는 체 게바라입니다. 술을 좋아해도 술 때문에 인사불성 되지는 않는다는 뜻이겠습니다. 체 게바라는 담배를 끊으라는 주위 사람들의 충고를 듣고 '머지않은 장래에 하루에 하나만 피우겠다'고 약속한 뒤, 다음 날 길이 1미터짜리 시가를 주문했다는 일화가 전해집니다. 내 절친 시인 A는 담배 이름을 시의 제목으로 삼아 시간의 환을 보여 주기도 했습니다. 시의 제목은 「Timeless Time」입니다. 한 갑에 1,400원 하던 그 시절로 돌아가고 싶군요.

복서 중에도 담배를 좋아하는 사람이 있습니다. 깡패 복서, 개망나니 복서, 담배 피우는 복서로 불리는 니카라과의 악동 리카르도 마요르가. 그는 조직의 보스 출신으로 알려져 있는데 길거리 싸움으로 유명세를 떨치다가 프로모터 돈 킹의 눈에 띄어 복서로 데뷔하게 되었다고 합니다. 별명과 이력이 말해 주듯 경기 전에 열리는 기자 회견장을 아수라장으로 만드는 것은 물론 경기 전후 링 위에서 당당하게 담배를 피우며 인터뷰를 하는 것으로 유명합니다.

그는 운동선수이면서 몸에 해로운 담배를 왜 피울까요? 에릭 번스는 담배를, 마음속의 소망을 연기에 담아 하늘의 신에게 전달하는 휴대용 제단이라고 하였습니다. 내 경우엔 글을 쓰기 전에 담배를 한 대 피우면 마음이 차분하게 가라앉아 시상에 집중하는 데 도움이 됩니다. 이제 시를 쓸 테니까 정신 바짝 차리라는 신호를 몸에 보내는 의식이라고나 할까요. 그에게는 흡연이 경기 전에 전의를 불태우는 수단인 것일까요.

'자, 이제 저 애송이를 쓰러뜨릴 시간이 왔어. 어디 한번 신나게 싸워 볼까.'

흡연이 경기에서의 승리를 기원하는 의식일 수도 있겠고, 프로 복서로서 거친 이미지를 만들기 위한 방편일 수도 있겠습니다. 거친 외모가 곱상한 외모보다 기선 제압하는 데 유리할 것 같기는 합니다. 또 이런 터프가이들의 개망나니 같은 언행이 얌전한 선수들의 겸손한 언행보다 티켓 파워에서 우위에 있는 건 확실합니다. 어쨌든 운동선수에게 독약과도 같은 담배를 피우면서도 정돈되지 않은 듯한 거친 주먹으로 숱한 강자들을 쓰러뜨리고 세계 챔피언까지 된 걸 보면 타고난 강골인 모양입니다.

한편 우리가 잘 알고 있는 시인 중엔 권투를 했던 시인도 있습니다. 「빼앗긴 들에도 봄은 오는가」를 쓴 이상화 시인은 아마추어 권투 선수였는데 교남학교에 재직 중 권투부를 창설해 학생들을 가르쳤고, 약소민족은 주먹이라도 잘 써야 된다며 학교 체육대회 종목에도 권투를 넣었다고 합니다. 이상화 시인의 주먹맛은 어땠을까 무척 궁금해집니다.

오늘 새로 배운 것은 없었습니다. 관장님이 스트레이트 칠 때 허리를 확실하게 돌리라고 했습니다. 허리가 아파서 힘들다고 답했습니다. 그럼 속도를 줄이고 자세를 정확하게 취하랍니다. 속도를 줄이고 허리를 꽉꽉 돌렸습니다. 허리가 뻐근했습니다. 아프다가 괜찮다가. 20년 정도 된 고질병입니다. 운동하면서 자주 쓰니까 자주 불편합니다. 관장님이 다시 다가와서 허리가 아프면 너무 많이 돌리지 말고 살짝살짝 튕겨만 주랍니다. 허리 튕기기. 정의할 수 없지만 이해할 수 있는 개념이 있습니다. 허리를 튕겼습니다. 튕기면서 중간에 띄엄

띄엄 허리를 제대로 돌렸습니다. 허리가 문제입니다. 허리가
불편하면 제대로 할 수 있는 운동이 없습니다. 안타깝습니다.
샌드백 치고 정리 운동하고 샤워하고 나오니까 관장님이 허
리가 많이 아픈지 물었습니다. 심하지는 않고 원래 좀 불편
한 느낌이 있었는데 스트레이트 칠 때 느낌이 자주 온다고
했더니 내일은 허리 스트레칭을 한 세트 짜주겠답니다. 디스
크 초기 증상일 텐데 무리한 스트레칭이 증상을 악화시키는
건 아닐지 살짝 걱정은 되지만 선의의 배려는 받아야 합니
다. 받아 보면 알겠죠.

2015년 10월 26일 월요일

04

멕시칸, 멕시칸, 멕시칸

관장님이 알려 준 허리 스트레칭은 바닥에 다리를 벌리고 앉아서 두 손으로 한쪽 발목을 잡고 허리를 숙이는 동작을 좌우로 반복하는 것이었습니다. 한 다리에 30초씩 두 다리 한 세트를 세 세트 해야 합니다. 몸이 굳기도 굳었지만 운동 전에는 몸이 풀리지 않아 스트레칭이 좀 힘듭니다. 15초 정도 하니까 무릎 안쪽 인대가 부르르 떨면서 경련을 일으켰습니다. 10초씩 10초씩 내 마음대로 여섯 세트를 하고 트레드밀 위에 올랐습니다. 관장님이 세 세트 다 했냐고 물었습니다. '아이고, 들켰네.'

"저기 너무 힘들어서요."

"힘들어도 하셔야 해요. 다시 하세요."

"두 세트 정도는 했거든요."

"한 세트 더 하시고 말씀하세요."

그 와중에 키다리 중딩과 작다리 중딩이 스파링을 했습니다. 한 명은 헤드기어를 썼고 다른 한 명은 쓰지 않았습니다. 헤드기어 안 쓴 작다리가 많이 맞았습니다. '헤드기어가 부족하지는 않을 텐데…… 뭔가 이유가 있겠지.'

한 세트를 추가하고 나니 다른 동작들을 가르쳐 주었습니다. '아, 그 동작으로 끝나는 게 아니었구나.' 관장님은 다른 동작들을 더 알려 주려고 세 세트 다 했냐고 물은 거였는데 나는 농땡이 부린 게 들킨 줄 알고 도둑이 제 발 저렸습니다. 추가된 세 가지 동작을 세 세트씩 했습니다. 희한했습니다. 힘들긴 했지만 허리가 시원해졌습니다. 다시 트레드밀을 탔습니다. 관장님이 작다리 중딩에게 말했습니다.

"너보다 큰 상대한테 안면 공격부터 하면 어떡해? 복부 공격 먼저 했어야지."

스파링이 재개되었습니다. 그래도 작다리 중딩이 밀렸습니다. 관장님이 작다리에게 외쳤습니다.

"밀리지 말고 맞받아쳐."

우리 체육관 복싱은 맞받아치는 복싱입니다. 일명 멕시칸 복싱. 터프하기로 정평이 나 있는 멕시칸 복싱은 한 대를 맞든 두 대를 맞든 세 대를 맞든 열 대를 맞든 끝까지 맞받아치는 복싱이라고 합니다. 모든 라운드가 마지막 라운드라는 자세로 저돌적으로 밀어붙이는 스타일이라고나 할까요. 내가 이 체육관을 선택하게 된 이유 중엔 거친 멕시칸 복싱을 배울 수 있다는 인터넷 후기 글을 본 게 적지 않은 비중을 차지합니다.

관장님이 스파링을 끝내고 내려간 키다리 중딩을 갑자기 링 위로 불러올렸습니다. 그 아이가 새로 뭔가를 배우고 싶다고 한 모양입니다. 똑같은 것만 하니까 지루하다고. 관장님은 키다리에게 자기 펀치를 제대로 방어해 내면 다른 걸 가르쳐 주겠다고 했습니다. 공이 울렸습니다. 관장님이 콩콩 뛰면서 "너도 나 공격해, 공격해." 하며 선전 포고를 했습니다. 스승을 공격하라니. 아무리 계급장 떼고 벌이는 승부라지만 그게 어디 말처럼 쉬운 일인가요. 더구나 엄청난 실력 차이가 있는데. 관장님의 첫 번째 펀치가 날아갔습니다. 등 뒤에서 보니까 펀치가 더 잘 보였습니다. 투수가 던진 야구공을 투수 등 뒤에서 보면 더 잘 보이는 것과 같은 이치입니다. 나는 깜짝 놀라 트레드밀에서 떨어질 뻔했습니다. 어깨가 움직이는 것부터 본 내 눈에는 펀치의 궤적이 분명 키다리의 오른쪽 뺨을 노리고 휘어져 들어가는 레프트훅이었습니다. 그런데 이 궤적이 순식간에 변화구처럼 휘더니 키다리의 안면 정중앙을 파고드는 것이었습니다. 그리고 그 손이 곧바로 복부를 가격했습니다. 눈 깜짝할 사이에 벌어진 일이었고 키다리는 그대로 배를 움켜쥐고 고꾸라졌습니다. 관장님은 냉정했습니다.

"일어나. 다른 거 배우고 싶으면 일어나서 제대로 방어해. 지겹다며? 지겨우면 다른 거 해야지. 어서 일어나. 지금 안일어나고 나중에 일어나면 더 죽어."

주심이 카운트 열을 세고도 남는 시간이 흐른 뒤에야 키다리는 복부를 잡고 일어났습니다. 헤드기어에 가려 잘 보이지는 않았으나 우는 것 같았습니다. 관장님은 공격을 멈추지 않았습니다. 잽은 아예 눈에 보이지도 않았습니다. 소름이 돋았습니다.

혼이 난 키다리는 풀이 죽어 링을 내려갔습니다. 관장님은 키다리에게 지겹다는 말 함부로 하는 거 아니라고 따끔하게 훈계했습니다. 그리고 숨을 고른 키다리에게 물었습니다.

"네가 왜 방어를 못 했는지 알아?"

"실력이 부족해서요."

"그게 아니라 두려움 때문이야. 겁을 먹으니까 펀치를 못보는 거지. 자, 작다리랑 다시 해봐. 피하는 것부터 해봐. 그다음에 다른 거 가르쳐 줄게."

멕시칸 복싱은 뒷발의 뒤꿈치를 들고 체중을 앞다리에 싣는 게 기본자세라고 합니다. 언제든 앞으로 치고 들어갈 수 있는 자세. 두려움을 이기지 못하면 유지할 수 없는 자세. 두려움과 싸우는 게 멕시칸 스타일 복싱인 것일까요. 멕시칸 스타일, 맘에 듭니다. 내 생활의 뒤꿈치 상태는 어떠한가요. 땅바닥에 착 달라붙어 있는 건 아닌가요. '뒤꿈치를 들자. 언제 어디서든 뛸 수 있게 준비를 하자.'

숨 막히는 시간이 흘러가는 동안 나의 자세 연습이 3라운드 중반에 접어들고 있었습니다. 관장님이 몇 라운드째냐고 물었습니다.

"3라운드요."

"글러브 끼고 이리 오세요."

관장님이 미트를 들고 자세를 잡았습니다. 으아, 공포의 미트치기.

'장갑아, 제발 들어가지 마라. 제발 들어가지 마라.'

장갑 쏙쏙. 찍찍이 찍찍.

"자, 멈추지 말고 치세요."

약한 마음으로 장갑을 꼈지만 제법 맹렬하게 미트를 쳤습니다. 관장님이 뭔가 마음에 안 들었는지 뒤로 좀 물러서라고 했습니다. 펀치 길이를 늘이기 위한 것이었습니다. 별로 길지도 않은 리치 그냥 받아 주시지. 긴 거리를 날아가 미트를 치는 쾌감은 기가 막혔지만 그만큼 체력 소모가 훨씬 심했습니다. 게다가 '잽잽 원투 잽, 잽잽 원투 잽'에서 '잽잽 원투 잽, 잽잽 원투 원투'로 펀치 수도 더 늘었습니다. 처음 미트를 칠 때보다는 인내력이 생겼지만 고통이 줄어든 건 아니었습니다. 라운드 중반에 시작해서 다음 라운드까지 1.5라운드를 쳤습니다. 주먹이 미트를 치는 건지, 미트가 주먹을 맞아 주는 건지……. 자세가 흐트러져 잽이 꿀밤처럼 날아가기도 했고 앞뒤 스텝이 꼬이기도 했습니다. 땀이 눈에 스며 눈을 감고 치는 펀치도 있었습니다. 가능한 한 가드를 떨어뜨리지 않으려고 이를 악물고 쳤습니다. 버저비터처럼 공 소리와 마지막 라이트 스트레이트 치는 소리가 동시에 났습니다.

"수고하셨습니다. 샌드백 세 라운드요."

대답을 할 수 없을 정도로 숨이 차올랐습니다. 한 라운드를 통째로 쉬었습니다. 다시 라운드 시작 공이 울렸습니다. 샌드백을 치는데 왼쪽 팔에 경련이 생겨 드는 것조차 힘들었습니다. 스텝을 넣어 보았으나 호흡이 불안정해서 몇 번 뛰지도 못했습니다. 스텝 없이 거리만 재며 샌드백을 쳤습니다. 2라운드까지도 호흡이 돌아오지 않았습니다. 3라운드가 되어서야 스텝을 제대로 밟을 수 있었고 펀치 스피드도 회복되었습니다. 예정보다 샌드백을 한 라운드 더 치고 정리 운동을 했습니다.

샤워하고 나오니 샌드백 치는 관원, 자세 연습 하는 관원, 달리기하는 관원, 미트 치는 관원 모두 멕시칸 복싱 스타일로 두려움의 국경선을 넘기 위해 땀을 뻘뻘 흘리며 와일드한 입김을 뿜고 있었습니다.

2015년 10월 28일 수요일

05

뼈를 향한 소리 없는 전진

허리 스트레칭을 할 때 관장님이 다가와서 허리가 어떠냐고 물었습니다. 아직 불편하다고 했더니 한 달 정도 풀어 줘야 차도가 있을 거랍니다.

"근육이 뭉쳐서 그런 건지 다른 이유 때문에 그런 건지 모르겠어요."

"앉아서 일하시지 않나요? 그런 분들이 대체로 허리가 안 좋아요."

이놈의 허리. 인간은 직립 보행을 하면서 두 손의 자유를 얻고 멀리 볼 수 있게 되었지만, 인간만의 고질병 허리 디스크를 앓게 되었습니다. 디스크는 진화의 빈틈입니다. 허리 통증이 심할 때는 물 밖으로 기어 나온 나의 선조들이 원망스럽습니다.

시속 9킬로미터의 러닝과 자세 연습, 그리고 미트치기. 미트
가 처음에는 얌전하게 날아오다가 점점 더 세게 날아왔습니다.
미트가 날아오는 강도에 따라서 펀치에 실리는 힘도 달라졌습
니다. 관장님은 펀치의 정확도보다 스텝에 더 신경 썼습니다.
내 다리를 주시하는 게 훤히 보였습니다. 중간에 두 번 정도 쉬
긴 했지만 스텝을 계속 넣었더니 한 라운드로 끝내 주었습니
다. 세 라운드 치라는 샌드백을 네 라운드 쳤습니다. 미트 칠
때, 왼손 잽은 쭉쭉 뻗는 것 같은데 오른손 스트레이트는 시원
스럽게 뻗질 못하는 느낌을 받았습니다. 그래서 오른손 스트레
이트로 연거푸 샌드백을 쳤습니다. 손목이 얼얼해질 때까지 쳤
습니다. 중간에 거리를 잘못 재서 팔꿈치가 꺾일 뻔했습니다.
운동할 때 욕심을 부리면 다치기 쉽습니다. 조심해야겠습니다.

이번 주엔 새로운 기술을 배우지 못했습니다. 지금까지 배
운 게 가장 기본이 되는 움직임이라서 이것을 제대로 몸에
배게 한 뒤에 새로운 것을 가르쳐 주려나 봅니다.

체육관에 드나든 지 한 달이 다 되어 갑니다. 지방이 빠지
고 근육이 발달하기 시작한 것일까요? 몸에 탄력이 좀 붙은
것 같습니다.

2015년 10월 30일 금요일

최근에 담배를 좀 피웠더니 운동이 버거웠습니다. 폐에서부터 올라오는 담배 냄새가 역했습니다. 다시 전자담배로 바꿔야겠습니다. 근데 담배를 안 피우면 시가 써지질 않아 곤욕입니다. 루틴을 바꾸는 건 정말 힘듭니다.

스트레칭도 러닝도 팔벌려높이뛰기도 자세 연습도 모두 힘들었습니다. 그래도 오늘은 진도를 한 가지 나갔습니다. '잽 잽 원투 잽', '잽잽 원투 원투'에 이어 뒤로 빠졌다가 전진하며 다시 '원투'. 앞뒤 스텝 하나와 펀치 두 방을 더 넣으니 이게 또 다른 차원이 열리는 것이었습니다. 꼴에 박자 감각은 있어서 그럴 듯하게 하기는 했지만 숨이 차올라 터질 것 같은 가슴은 주체할 수가 없었습니다. 펀치 두 방을 더 내는 데 이렇게 큰 힘이 필요하다니. 관장님이 옆에서 내 폼을 보더니 장갑을 끼고 오라고 했습니다. 오늘은 새로운 걸 배워서 그냥 넘어갈 줄 알았는데 미트를 들고 자세를 잡았습니다.

"네? 오늘도? 오늘은 안 치면 안 돼요? 오늘 컨디션이 너무 안 좋아서요……"

"오늘 힘드세요? 그럼 한 번 쉬죠."

관장님이 웃으며 말했습니다. 미트를 거른 게 좋기는 했는데 엄밀히 말해서 훈련을 거부한 거라 뒷맛이 개운치 않았습니다. 훈련하러 온 사람이 훈련을 거부하다니…….

자세 연습을 마치고 미트 대신 샌드백을 열심히 쳤습니다.

역시 평소보다 숨이 더 헐떡거렸고 왼쪽 어깨가 일찍 마비되었습니다. 가만 생각해 보니 금요일과 토요일 소주 한 병씩을 마셨고, 어제는 맥주 한 캔을 마셨습니다. 술이 근육을 이완시켰고, 담배가 폐활량을 줄인 것입니다. 링사이드에 걸터앉아 링 줄에 어깨를 걸치고 체육관 바닥을 내려다보았습니다. 때 아닌 아지랑이가 피어올랐습니다.

'오늘 고생했으니까 내일은 운동하는 게 좀 편해지겠지……'

집에 돌아와 체중을 쟀습니다. 운동 처음 시작했던 날보다 2킬로그램이 빠졌습니다.

2015년 11월 2일 월요일

06

핸디캡을 요리하는 주방장

팔벌려높이뛰기는 정말 지루하고 재미가 없습니다. 아이들도 굉장히 괴로워합니다. 그래서 동작을 제대로 취하지 않고 건성으로 합니다. 어서 줄넘기로 넘어갔으면 좋겠습니다. 그러나 막상 시작하면 줄넘기가 팔벌려높이뛰기보다 훨씬 더 힘들 겁니다. 당장의 고통이 괴로워 더 힘들 걸 알면서도 다음 단계로 나아가고자 하는 이 심리를 뭐라고 하면 좋을까요. 그래도 오늘은 정해진 훈련을 다 소화했습니다. 관장님은 미트를 좀 더 세게 치라고 했습니다. 힘을 쥐어짜서 몇 번의 강펀치를 날렸습니다.

"좋아요, 지금의 펀치력을 계속 유지하세요."

하지만 그게 어디 쉬운 일인가요. 마비되는 어깨도 어깨지만 오른쪽 팔꿈치가 꺾일까 봐 겁이 납니다. 이 오른쪽 팔꿈치 트라우마는 언제인가 길거리에서 펀치 머신을 치다가 생긴 것입니다. 팔을 잘못 휘둘러서 팔꿈치를 다쳤습니다. 내일은 관장님한테 오른쪽 팔꿈치가 좋지 않다는 사실을 알려야겠습니다.

핸디캡을 가진 복서들이 꽤 있습니다. 플라이급 세계 챔피언을 지낸 불굴의 인파이터 김태식 선수. 본인의 회고에 따르면 그는 복싱을 해서는 안 되는 사람이었다고 합니다. 복싱 입문 전에 높은 곳에서 떨어져 머리에 심한 부상을 입었을 뿐만 아니라 어릴 때 자전거 사고를 당해 오른손 엄지손가락을 접을 수 없게 되었답니다. 권투가 하고 싶어서 손가락을 자르려고까지 했었으나 의사가 만류했다고. 엄지손가락을 접을 수 없으니 주먹을 꽉 쥘 수 없었을 테고 손가락이 거치적거려 정확한 펀치를 구사기도 힘들었을 겁니다. 사실상 오른손 정권이 없는 상태에서 왼주먹 하나로만 커리어를 이어 온 셈입니다. 그럼에도 불구하고 세계 챔피언이 되었으니 얼마나 피나는 훈련이 있었을까요.

김태식 선수는 원래 주니어 플라이급이었는데 당시 동급 챔피언이 도전을 받아 주지 않아 한 체급 위인 플라이급 타이틀에 도전하여 챔피언 이바라 선수를 2라운드에 KO로 물리치고 챔피언에 오릅니다. 이 경기를 보면 김태식 선수가 집요하게 왼손 훅을 구사하는 걸 볼 수 있습니다. 간혹 오른손 훅을 던지기도 하는데 왼손 훅보다 궤적이 작습니다. 오른손 엄지가 거치적거려서 스트레이트는 치기 힘들었을 테고, 오른손 훅을 왼손 훅처럼 크게 돌리면 엄지가 상대방에게 닿아 그 충격이 고스란히 되돌아왔을 테니까요. 그럼에도 불구하고 2라운드가 채 끝나기도 전에 250방의 훅을 날렸다고 하니 정말 무시무시한 투혼입니다. 그는 그 투혼으로 자신의 핸디캡을 요리하여 챔피언 벨트를 따낸 겁니다. 혹독한 훈련으로 체력을 담금질하지 않았다면 투혼이라는 레시피도 무용지물이었겠죠.

자기 레시피를 발휘할 체력을 가진 사람이 몇이나 될까요. 내 체력은 40대 남자의 평균 체력 이상일까요, 이하일까요. 나이로만 보면 40대 중에서 상위권에 속하는 체력을 지니고 있어야 하는데……. 문득 한 친구가 떠오릅니다. 어릴 때 유도를 한 녀석입니다. 지금도 녀석의 목이나 어깨를 만지면 단단한 쇳덩어리를 만지는 것 같아 무섭습니다. 그런 녀석이 나를 괴롭히는 일진이 아니라 나와 사귀는 친구였다는 게 참 다행스럽고 지금도 내게 말로는 져주는 녀석이 고맙습니다. 녀석이 운동을 계속했더라면 좋았을 텐데……. 녀석을 만나고 올 때마다 드는 생각입니다. 하지만 다 지나간 일입니다. 녀석은 회사에 다니면서 틈나는 대로 아르바이트를 하며 두 아이를 기르고 있습니다. 녀석이 사는 모습을 보면 내가 뭔가를 포기하고 집에 돌아와 하릴없이 체육관이나 드나드는 게 아닐까 하는 불안감이 엄습합니다. 이것을 다스리려면 현재의 나에게 집중해야 합니다. 나는 누구인가. 나는 지금 무엇을 하고 있는가. 그것이 옳은 일인가, 그른 일인가. 내가 어떤 사람이 될 것인지 걱정하지 말고 내가 현재 어떤 사람인지 파악해야 합니다. 그리고 몰두해야 합니다. 내가 선택한 것이니까요. 나는 지금 그동안 읽지 못했던 책을 읽어 나가고 있고, 쫓기지 않고 시를 쓰고 있고, 그동안 만들어 보지 않았던 신선한 반찬을 만들어 먹고 있습니다. 그리고 핸디캡을 극복하기 위해 애쓰고 있습니다. 나의 핸디캡은 망설이고 주저하는 것. 이것을 어떻게 극복할 것인지 샌드백을 두드리며 궁리하는 나는 핸디캡을 요리하는…… 아직은 주방 보조.

운동 기간을 3개월 연장했습니다. 레시피를 비축한 느낌입니다.

2015년 11월 4일 수요일

07

두려움과 벌이는 난타전

관장님이 출타하여 자율 훈련을 했습니다. 체육관에 꼬맹이 복서 둘과 여자 복서 한 명이 나와서 운동을 하고 있었습니다. 시속 9.5킬로미터로 뛰었습니다. 10킬로미터까지는 부담을 느끼지 않고 뛸 수 있는 체력이 되었으면 좋겠습니다.

펀치 두 방을 더 배운 이후로, 관장님이 들이미는 미트를 치기 시작한 이후로, 운동이 더 힘들어졌습니다. 특히 미트. 사실 요즘 미트 때문에 체육관 가기가 좀 두렵습니다. 미트를 치면 숨이 너무 가쁩니다. 호흡을 고르려고 동작을 멈추고 잠깐 쉬면 관장님이 지루한 눈으로 나를 내려다봅니다. 그게 너무 창피합니다. 왜 이것도 견디지 못할까. 나를 독려하려고 두 미트를 맞부딪치는 소리가 들리면 또 폴짝폴짝 뛰면서 자세를 가다듬고 펀치를 냅니다. 한 라운드에 서너 번 정도 동작을 중단하는 것 같습니다. 너무 잘하려고 하기 때문에 창피한 마음이 드는 걸까요. 그게 현재 내 체력인데. 그걸 인정해야 하는데. 나는 운동을 전문으로 하는 사람이 아닌데. 그래도 조금 동작이 편해진 느낌을 받기는 합니다. 그래도 힘듭니다. 힘들어서 도망가고 싶습니다. 그래도 좀 나아진 것 같기는 합니다. 난타전입니다, 난타전. 이렇게 심리적인 타격을 받으며 조금씩 전진해 보는 수밖에. KO되고 싶지는 않습니다. 적어도 판정까지는 가고 싶습니다.

운동을 시작한 지 꼭 한 달이 되었습니다. 1주일에 3~4회씩 운동을 했습니다. 오늘까지 18일. 몇 가지 변화가 생겼습니다. 가슴을 뒤덮었던 지방이 현저하게 줄었고, 허벅지 바깥에 근육 분할선이 생겼고, 갈비뼈와 복근이 희미하게 나타났고, 식욕이 줄었고, 배가 좀 들어갔으며, 평균 체중이 2킬로그램 줄었습니다. 그리고 침대에 눕고 난 뒤 잠들 때까지의 시간이 줄었고, 비관적인 생각에 빠진 상태를 오래 방치하지 않게 되었고, 욕심 없이 글 쓰는 게 편안해졌고, 1일 1회 이상 심기일전합니다.

오늘부터 다시 한 달입니다. '새로운 마음으로 더 열심히 해야지.' 이런 다짐을 하지는 않습니다. 미트를 치는 시간이 너무 두렵습니다. 그래도 가고 싶습니다. 몸이 건강해야 마음도 건강해집니다. 몸과 마음에 불필요한 게 아직도 너무 많습니다. 새벽을 닮은 신선한 정신으로 살고 싶습니다. 영화 〈록키 발보아〉에 나오는 인상적인 대사를 떠올리며 오늘의 기록을 마칩니다.

"이 세상은 결코 따스한 햇살과 무지개로만 채워져 있지 않아. 온갖 추악한 인간사와 더러운 세상만사가 공존하는 곳이지. 난 네가 거칠게만 살아가길 원하진 않는다. 하지만 너와 나, 그리고 모든 사람들에게 인생이란 건 결국 난타전이야. 네가 얼마나 센 펀치를 날리는가가 아니라 네가 끝없이 맞아 가면서도 조금씩 전진하며 하나씩 얻어 나가는 게 중요한 거야. 계속 전진하면서 말이야. 그게 바로 진정한 승리야. 몇 대 맞지 않으려고 남과 세상을 탓해선 안 돼. 네가 정말 치열하게 살아 볼 의지가 있다면 넌 타인의 시선에 연연하지 않고 네가 되고 싶은 사람이 될 수 있어. 겁낼 필요 없지. 그건 네 모습이 아니잖아. 넌 훨씬 나은 아이니까."

2015년 11월 5일 목요일

08

사라지는 통증들

체육관에 아이들이 바글바글했습니다. 일곱 명의 아이들이 한꺼번에 몰려왔습니다. 운동하는 아이들은 귀엽습니다. 팔벌려높이뛰기를 하기 싫어서 친구들끼리 장난치는 게 꼭 안무 없는 막춤 같습니다. 요 녀석들이 어르신 팔벌려높이뛰기하는데 겨드랑이 밑으로 지나다닙니다. 그러다가 내려오는 팔에 한 대 맞습니다. 내 얼굴엔 미소, 내 마음속엔 '아 꼬시다.'.

아이들이 왔다 갔다 하며 시끄럽게 구는 통에 오늘은 미트를 치지 않았습니다. 대신 샌드백을 오래 쳤습니다. 관장님이 마지막 원투 칠 때 뒤로 5센티미터만 더 빠졌다가 전진하면서 치라고 알려 주었습니다.

허리 스트레칭은 정말 효과가 있었습니다. 가끔 허리가 아프다고 하는 아내에게 해보라고 했더니 다음 날 시원하답니다. 나는 오른쪽 손목 통증이 사라졌습니다.

샤워를 하고 나와 남편 비 맞을까 봐 우산을 들고 와서 건물 앞에 서 있는 여자를 만났습니다. 함께 칼국수를 먹으러 갔습니다. 기분이 상쾌해 셀카를 찍어서 보니 혈색이 좋아졌습니다. 마치 쓰레기를 비우고 깨끗하게 씻은 휴지통 같았습니다. 곱슬곱슬 머리카락이 말려 올라간 모습은 영락없는 우주 소년 아톰입니다. 아톰처럼 튼튼해지고 싶습니다. 소년이 아니라 중년이지만…….

2주 동안의 땀이 배어 있는 붕대를 빨아서 건조대에 널고 오랜만에 비 노래들을 듣습니다. 비 오면 음악 듣고 싶고, 음악 들으면 담배 피우고 싶고, 담배 피우면 커피 마시며 담배 한 대 더 피우고 싶고, 담배 한 대 더 피우면 소주 한잔 마시고 싶지만, 오늘 밤은 커피까지입니다. 창밖에 젖은 어둠이 초코라떼처럼 달달합니다.

2015년 11월 6일 금요일

09

관장본색

9.5킬로미터의 속력으로 12분을 뛰고 10킬로미터로 3분을 뛰었습니다. 10킬로미터로 15분을 뛰는 건 아직 힘듭니다. 그래도 러닝 체력이 많이 향상되었습니다. 첫날엔 워킹으로 시작했고 7.5킬로미터로 뛰다가 8킬로미터로 시속을 올려 15분 뛰는 것도 약간 힘들었는데 8.5킬로미터를 지나 9.5킬로미터까지 올라왔습니다.

머리를 잘라 더 날렵해 보이는 관장님은 오늘따라 액션이 많았습니다. 링 위에서 줄넘기를 했는데 발이 땅에 붙어 있는 건지 떨어져 있는 건지 구별하기 힘들었습니다. 샌드백 치는 모습은 그야말로 장관님, 아니 관장님, 아니 장관이었습니다. 이른 바 장관본, 아니 관장본색. 팔을 움직이는 게 아니라 몸에 붙어 있는 두 개의 용수철이 스스로 튀어나오는 것 같았습니다. 상하좌우 할 것 없이 터져 나오는 펀치에 혀를 내둘렀습니다.

'관장본색' 하니 호환 마마보다 더 무서운 불법 복제 비디오테이프를 보던 중학교 때가 생각납니다. 야한 성인용 비디오를 본 건 아니었고 주로 홍콩 느와르 영화를 복사한 것들이었습니다. 말죽거리의 선배들이 이소룡 세대라면 서대문의 우리들은 주윤발, 장국영, 유덕화 세대입니다. 비디오 대여점에 가면 매장에 진열된 정품 비디오테이프 외에 불법으로 유통되는 비디오테이프와 그 프로들을 스크랩하여 정리한 책자가 따로 있었습니다. 물론 그것이 있다는 사실을 아는 사람만 볼 수 있습니다. 소문을 듣고 그 대여점에 갔습니다. 주인은 "전에는 어디서 빌렸니? 그런데 왜 이리로 왔니?" 등의 질문으로 빌려줘도 문제가 발생할 우려가 없다는 걸 확인하고 나서야 그 책자를 꺼내 주었습니다. 그중에서 한 프로를 고르면 주인은 어딘가로 전화를 걸어 몇 번 테이프 가져오라고 합니다. 잠시 후에 저쪽에서 전화를 받은 사람이 그걸 가지고 옵니다. 주인은 저 깊숙한 어둠의 경로를 통해서 온 그것을 사람들 눈에 띄지 않게 신문지에 둘둘 말아 검은 비닐봉지에 넣어 건네주며 악당처럼 "돈" 했습니다. 〈영웅본색〉도 그런 과정을 통해 보았을 겁니다. 그땐 홍콩 반환을 앞둔 홍콩인들의 불안감이 스며 있다는 것과, 끝도 없이 총알을 발사하는 총(잘생긴 얼굴을 클로즈업하기 위해 잠시 총격전이 중단될 때는 탄창을 바꾸기도 합니다.)이 무협 영화에 나오는 검객들의 칼을 현대화한 소품이었다는 걸 이해하지 못했어도 액션 좋고 감정 좋고 의리 좋고 땡이었습니다. 우리에게도 총 한 자루만 있으면 교실의 악당들을 모두 처부술 수 있을 것 같았습니다. 그러나 우리가 든 건 총이 아니라 담배였습니다. 고등학생이 되자 주윤발이 쌍권총을 쏘는 것보다 더 멋있게 담배를 피우는 유덕화가 〈천장지구〉에 나왔던 것입니다.

자세 연습을 할 때 내가 평소보다 더 힘들어하는 모습을 보고 관장님이 다가와서 힘드냐고 물었습니다.

"나흘을 쉬었더니 힘드네요."

"바쁘셨어요?"

"몸이 좀 안 좋았어요."

"오늘은 세 라운드만 하세요."

네 라운드를 뛰고 관장님이 받아 주는 미트를 한 라운드 쳤습니다. 훈련을 마치고 평소와 달리 관장님에게 목례를 했습니다. 복서를 경외하는 마음이 저절로 표현되었습니다.

2015년 11월 11일 수요일

첫 번째 스파링, 사슴 청년과의 만남

오늘은 고개를 숙여 펀치를 피하는 더킹 동작과 더킹에 이어 한 발 더 전진해서 원투 펀치를 치고 빠지는 기술을 새로 배웠습니다. 복싱은 전진하는 운동이라고 합니다. 한 걸음 더 나아가는 데 이렇게 많은 땀을 흘려야 할 줄은 몰랐습니다. 이 한 걸음을 위해 내가 바닥에 흘린 땀은 몇 방울이나 될까요. 진짜 복서처럼 움직일 수는 없어도 그들이 얼마나 많은 땀을 흘리는지는 알 것 같습니다.

수비 동작까지 곁들이니 불같은 의욕이 솟구쳤습니다. 새로 배운 기술로 자세 연습 세 라운드를 기분 좋게 마쳤습니다. 그게 끝이 아니었습니다.

드디어 링에 올랐습니다. 첫 스파링을 한 것입니다. 상대는 복싱 입문 3개월 된 사슴처럼 눈이 맑고 몸매가 늘씬한 20대 청년. 처음이니만치 본격적으로 치고받는 스파링은 아니었고, 잽을 피하는 연습을 하는 스파링이었습니다.

"한번 해보시겠어요?"

"제가 잘할 수 있을까요?"

"처음부터 잘하는 사람 없어요. 하실 거면 빨리 하시는 게 좋아요. 안 하실 거면 아예 하지 마시고요. 한번 해보실래요?"

여기서 안 하겠다고 하면 자존심 상하는 거라 "예, 한번 해볼게요." 했더니, 청년에게 "너 가서 마우스피스 물고 와." 하는 것이었습니다. '어라? 나는 그거 없는데……'

관장님은 내게 헤드기어를 씌워 주면서 주의 사항을 일러 주었습니다.

"잽만 사용하시는 거예요. 더블 잽은 치지 마세요. 두 분 모두 초보자라서 더블 잽 치면 서로 힘들어요. 1라운드에 먼저 때리시면서 저 친구가 피하는 거 보고 다음 라운드에서 피하시면 돼요."

청년은 몇 차례 경험이 있는 모양입니다. 드디어 공이 울렸습니다. 엄청난 긴장감 속에서 한 걸음 한 걸음 청년에게 다가갔습니다. 청년은 내가 펀치를 내지도 않았는데 머리를 요리조리 허리를 이리저리 돌리면서 방어했습니다. 처음 한동안은 한 대도 못 때렸습니다. 그러다가 차츰 거리감이 생기니까 한 대 두 대 간간이 펀치가 청년에게 가서 닿기 시작했습니다.

"세게 때리세요, 세게."

"세게 못 때리겠어요."

"왜 못 때려요? 세게 때리세요."

처음 보는 청년을 어떻게 세게 때리란 말인가요.

'관장님, 왜 저렇게 착해 보이는 사람을 세게 때려야 하나
요?'

'관원님, 관원님이 착하게 생겼다고 이 세상의 강펀치가
관원님을 비켜 갈까요?'

그래, 링은 아무 이유 없이 치고받는 곳이다. 애라 모르겠
다. 치자.

제법 센 잽이 들어갔습니다. 청년이 벨트 라인 아래로 고
개를 숙였습니다. 나도 모르게 따라가면서 잽 두 방을 연속
으로 날렸습니다.

"한 방씩만 치세요. 한 방씩."

"죄송합니다."

갑자기 청년이 복부를 잡고 스텝을 멈췄습니다. 운동 직전
에 먹은 밥이 속에 탈을 일으켰나 봅니다. 10초 정도 쉰 후 스
파링이 재개되었습니다. 움직이는 사람을 주먹으로 맞추는 건
매우 어려운 일이었습니다. 게다가 간간히 한 대 맞추면 청년
에게 미안한 마음이 들어서 공격을 계속하기가 어려웠습니다.

땡. 공이 울렸습니다. 이제 내가 펀치를 피할 차례입니다. 날아오는 주먹보다 주먹에 대한 두려움이 앞섰습니다. 저절로 가드가 올라갔습니다.

"가드 올리지 말고 머리랑 허리로만 피하세요."

움직이지 않으면 맞았고 움직이면 맞지 않았습니다.

"입 벌리지 마세요. 입 벌리고 맞으면 이 부러져요."

벌어진 입을 꽉 다물었습니다. 상대방이 날 때리려고 쫓아오니까 겁이 나서 다시 가드가 저절로 올라갔습니다.

"가드 내리세요. 가드."

가드 내리고 상체를 이리저리 움직였습니다. 머리가 있던 빈자리로 주먹이 연거푸 왔다 갔습니다. 피하는 훈련이라서 그런지 펀치를 맞추었을 때보다 피했을 때의 느낌이 더 짜릿했습니다. 귀 옆으로 펀치 지나가는 소리가 들렸습니다. 움직이는 소리. 부딪치는 소리가 아니라 움직이는 소리였습니다. 그 소리를 들었습니다. 그 소리는 외로웠습니다. 부딪치지 않는 소리들을 생각합니다. 새가 하늘을 나는 소리, 바람이 부는 소리, 바람개비가 돌아가는 소리, 함박눈이 내리는 소리. 외로운 소리들을 생각하다가 코에 잽을 정통으로 맞았습니다. 소리가 들렸습니다. 움직이는 소리가 아니라 부딪치는 소리였습니다. 그런 소리들을 생각합니다. 박수 치는 소리, 기타 치는 소리, 빗방울이 땅에 떨어지는 소리, 파도가 바위를 치는 소리. 부딪치는 소리는 활발합니다. 외로웠던 청년의 주먹이 활발해졌습니다. 2분 정도 지나니까 다리가 풀려서 도망 다니기가 힘들었습니다. 선 채로 요리조리 움직이다 호흡을 가다듬고 스텝을 넣다가 다시 상체를 움직였습니다. 남은 시간이 어떻게 지나갔는지도 모르게 공이 울렸습니다.

"어떠셨어요?"

"힘들어서 입이 자꾸 벌어지네요."

"입 꼭 다물고 코로만 숨을 쉬어야 해요. 마우스피스가 없어서 입 벌리고 맞으면 이 부러져요."

관장님이 스파링 구경이 재미있었나 봅니다. 얼굴이 활짝 피었습니다. 윗몸일으키기와 정리 운동을 마치고 샤워를 하고 나오니 아직 시들지 않은 표정으로 다음에 또 하라고 합니다. 그러겠다고 했습니다.

콧등에 펀치가 왔다 간 느낌이 오래도록 사라지지 않습니다. 그래도 건장한 20대 청년과 두 라운드를 함께 뛴 게 용하기만 합니다.

2015년 11월 12일 목요일

우울한 감정의
프로

아마추어 복싱에는 크루저급이 없다.
라이트 헤비급 다음에 바로 헤비급이다.
프로 복싱에는 라이트 헤비급과 헤비급 사이에 크루저급이 있다.
나는 이제 겨우 2달밖에 안 된 복싱 초보자면서
프로 복싱 체급에 처치 곤란한 내 마음의 체중을 우겨 넣으려 한다.
우울한 감정의 프로라도 된다는 듯이.

체육관은 좁지만 고수는 널렸다

곧 대회가 열리는 모양입니다. 체육관에 숨은 고수들이 속속 나타나고 있습니다. 라이트 헤비급쯤 되어 보이는 20대 청년이 미트 치는 모습을 넋을 잃고 구경했습니다. 잽, 스트레이트, 어퍼컷, 보디, 훅 등 다양한 펀치를 미트에 꽂아 넣었는데 파워와 스피드가 엄청났습니다. 저런 주먹에 맞으면 뼈도 못 추리겠다 싶었습니다. 중간중간 관장님이 펀치의 강약 조절에 대한 조언을 했습니다. 주워들은 한 가지 내용을 정리하면 이렇습니다. "연타를 칠 때 마지막 펀치를 강하게 치는 것보다 그 전 펀치를 강하게 치는 게 더 효과적이다. 왜냐하면 마지막 펀치를 강하게 치는 경우에는 도중에 상대방의 카운터펀치에 걸릴 가능성이 있지만 그 전의 펀치를 강하게 치면 상대방이 카운터펀치를 내더라도 정확도와 파워가 현저히 떨어지기 때문이다." 정리를 제대로 한 게 맞나? 그 밖에 지금은 기억나지 않지만 들을 당시엔 감탄을 자아내는 많은 이론-치는 사람과 맞는 사람의 작용 반작용 원리-을 쏟아내며 훈련이 진행되었습니다. 복싱에는 내가 알고 있는 것보다 훨씬 다양한 종류의 펀치가 있는 모양입니다.

러닝 시속을 9.6킬로미터로 높였습니다. 0.1킬로미터씩 늘리면 곧 시속 10킬로미터로 15분을 달릴 수 있겠죠.

관장님이 자세 연습을 하는 내게 다가와 말했습니다.

"허리 좀 확실하게 돌려 주세요."

"허리가 아파서 잘 안 돌아가요."

"그래도 확실하게 돌려 주세요."

녹슨 허리를 최대한 많이 돌렸습니다. 체육관을 한 바퀴 돌고 온 관장님이 또 말을 건넸습니다.

"좀 더 빠르게 치세요. 자세도 좋고 다 좋은데 속도가 너무 느려요."

"허리가 잘 안 돌아가서 빨리 하기가 힘들어요."

"그래도 속도를 좀 올려 주세요."

관장님은 나를 40대 유망주로 보는 것일까요? 아니면 내가 터무니없는 굼벵이일까요? 주먹을 더 세게 쥐고 속도를 올리니까 삐걱거리는 대로 빨라지긴 했지만 금세 지치고 말

있습니다.

자세 연습 두 라운드, 미트 한 라운드, 샌드백을 세 라운드 반 쳤습니다. 동작이 추가되면 추가될수록 호흡이 가빠집니다. 13방 두 세트를 치는 것보다 15방 한 세트를 치는 게 훨씬 더 힘듭니다. 숨이 가빠서 동작을 멈추면 숨이 더 차오릅니다. 숨이 차올라서 가볍게 스텝을 넣으면 호흡이 약간 편해집니다. 동작을 멈추는 것보다 가볍게 유지하는 게 덜 힘든 모양입니다. 이게 익숙해지면 라운드 내내 쉼 없이 움직일 수 있겠죠? 그 경지에 이르려면 부단한 훈련이 필요하겠죠?

한 사람 한 사람 만나는 관원이 늘어나면서 운동은 높은 곳에 올라가는 것이 아니라 필요 없는 계단에서 내려오는 거라는 생각이 듭니다. 라운드를 마치고 로프에 등을 기댄 채 쉬고 있으면 더 이상 낮아질 곳이 없는 사람의 분노, 오기가 생기지만 이걸 잘 다스려야 합니다. 체육관은 좁지만 고수는 널렸습니다. 내 몸과 마음엔 없어도 되는 계단이 너무 많습니다.

2015년 11월 16일 월요일

원 스윙 투 펀치 팔랑이 스트레이트

　오늘 체육관에서 본 사람 중, 기억에 남는 사람은 처음 보는 여자 1과, 전에 꼬맹이들과 스파링을 했던 여자 2 그리고 무제한급의 남자입니다.

　여자 1은 중학교 3학년 내지는 고등학교 1학년쯤으로 보였습니다. 앞머리를 코까지 기른 그 아이가 기억나는 까닭은 팔벌려높이뛰기를 아주 그냥 곱고 예쁘게 했기 때문입니다. 어떻게 해서라도 덜 움직이고야 말겠다는 결연한 마음의 다짐이라도 한 것 같았습니다. 가랑이는 좁게, 두 팔은 올릴 듯 말 듯, 핫둘 핫둘. 움직임은 적었지만 팔과 다리가 가늘어서 동선이 길어 보여 그 모양이 어찌나 예쁘던지 쉬는 동안 지켜보며 즐거웠습니다. 근육이 커질까 봐 운동을 조심스럽게 하는 모양입니다.

여자 2가 기억에 남은 이유는 내 눈의 나이 식별 능력 때문입니다. 나는 그녀가 고등학교 1학년 정도밖에 안 된 줄 알았는데 관장님과 주고받는 이야기를 들으니 스물두 살 먹은 입시 준비생이었던 겁니다. 수능 시험을 보고 며칠 쉬느라 한동안 체육관에 안 나온 모양입니다. 관장님에게 지난 대회에 대해서 이것저것 묻는 모습으로 보아 대회 참가 경력도 꽤 있는 게 분명합니다. 어쩐지 몸의 탄력이 예사롭지 않더니만. 관장님은 그녀에게 대회 동영상을 보여 주며 신나게 떠들었습니다.

"야, 저번에 너한테 졌던 애 있잖아? 걔 또 나왔더라. 하는 거 봤는데 실력이 별로 안 늘었어. 이번에도 많이 밀리더라고. (동영상을 가리키며) 얘, 걔 맞지?"

나는 샌드백을 치는 그녀의 모습을 유심히 관찰했습니다. 펀치의 리듬이 다채롭고 강약의 조절이 원활했습니다. 순식간에 뻗어 내는 연타는 그야말로 압권이었습니다.

'투두둑 툭, 툭툭 투투둑, 툭툭 툭탁 툭툭 쾅쾅'

제발 그 주먹으로 샌드백만 패길.

무제한급의 남자가 기억나는 까닭은 일단 나보다 더 컸기 때문이고 기상천외한 복싱 기술을 선보였기 때문입니다. 나이는 20대 중후반.

"너 저번에 원투까지 배웠지? 한번 쳐봐."

거울을 통해 청년이 치는 원투를 보았습니다. 청년은 주먹을 꽉 쥐지 않고 오픈 핑거 글러브를 낀 이종격투기 선수처럼 손가락을 편 상태에서 펀치를 날렸는데 잽에 이어 스트레이트를 친 후 팔을 접지 않고 그대로 뻗은 상태에서 손목을 이용하여 손가락에 끼운 화투장을 담요에 던지는 듯한 동작을 한 번 더 취했습니다. 순간 내 눈을 의심하지 않을 수 없었습니다. 내가 제대로 본 것이 맞나? 관장님도 뭔가 이상하기는 한데 도저히 믿기지 않았는지 한 번 더 해보라고 했습니다. 거울 속에서 눈을 거둘 수가 없었습니다. 관장님 옆에는 여자 2도 와서 청년의 펀치를 구경했습니다. 눈이 정확하게 본 것이 맞았습니다. 청년은 스윙 한 번에 손목을 이용하여 두 번의 펀치를 친 것이 분명했습니다. 정말이지 듣도 보도 못한 기술이었습니다. 그를 둘러싼 여자 2, 관장님, 나 세 사람 모두 강력한 어퍼컷을 맞은 듯한 충격 속에서 헤어나지 못했습니다. 5초 정도의 정적이 흘렀습니다. 관장님이 간신히 정신을 차리고 말을 꺼냈습니다. 청년의 원 스윙 투 펀치 팔랑이 스트레이트를 흉내 내면서 말입니다.

"이건 뭐야? 주먹 꽉 쥐고 스윙 한 번에 펀치 한 번만 쳐야지. 자 이렇게. 다시 해봐."

이렇게 회복 능력이 뛰어난 사람은 처음입니다. 어떻게 그렇게 강력한 어퍼컷을 맞고 그토록 빠른 시간에 충격에서 벗어나 저토록 침착한 태도로 코치를 할 수 있는 건지요. 쑥스러운 듯 미소를 지으며 자세를 교정한 청년의 모습을 보고 나서야 나는 충격에서 벗어날 수 있었습니다. 일시 정지된 듯했던 거울 앞의 풍경이 다시 움직이기 시작했습니다.

체육관이 활기찹니다. 관장님은 비슷한 연령대의 관원들이 체육관에 올 수 있는 시간을 파악하면서 스파링 스케줄을 관리했습니다. 난 아직 멀었지만 언젠가는 하게 될지도 모를 정식 스파링이 겁납니다. 코뼈라도 부러지면 어쩝니까?

자세 연습을 할 때 주먹을 꽉 쥐고 펀치 속도를 높였더니 코에서 쒹쒹 하는 콧바람이 나갔습니다. 더킹을 배운 이후로 훈련이 한 단계 더 힘들어졌습니다. 동선이 길어져서 그런가 봅니다. 두려움을 느끼며 천천히 갑니다.

2015년 11월 18일 수요일

03

나에게 넘어온 공

오늘의 훈련은 격렬했습니다. 시속 9.7킬로미터 12분, 시속 10킬로미터 3분, 팔벌려높이뛰기 백 개씩 3세트. 자세 연습은 펀치 스피드와 파워를 한껏 올려서 네 라운드 반. 샌드백의 흔들림에 따라 스텝의 길이를 짧고 길게 조절하면서 또 네 라운드 반을 쳤습니다. 샌드백과 춤을 춘 것 같은 기분입니다. 집중했더니 더 많은 땀이 흘렀습니다. 쉬는 시간에 관장님이 다가와 물었습니다.

"저번에 스파링하고 싶다고 하셨죠?"

그런 말을 한 적은 없는데 관장님이 눈치챈 것 같습니다. 체력 단련과 다이어트를 목적으로 시작했지만 겨루기 없는 복싱은 앙꼬 없는 찐빵이니까요. 복싱이 싸움이 아니라 스포츠라면 못 할 것도 없겠죠. 하지만 아직 잽과 스트레이트밖에 배운 게 없는 데다가 실컷 때려 본 적도, 호되게 맞아 본 적도 없어서 두려웠습니다.

"그렇긴 한데 아직 실력이 부족한 것 같아서요."

"그 실력하고 스파링 실력하고 달라요. 조금이라도 빨리 하시는 게 이로울 거예요."

"아직 겁이 좀 나네요."

"마음의 준비가 되면 말씀하세요."

"네."

이제 공은 나에게 넘어왔습니다. 내가 하고 싶으면 하는 거고 하기 싫으면 안 하는 겁니다. 나는 두려움을 이기고 링에 오를 수 있을까요. 라운드 내내 상대방과 눈을 맞추고 치고받을 수 있을까요. 정면 대결을 할 수 있을까요. 맞섬의 시간을 회피하지 않을 수 있을까요. 복싱을 해서 얻게 되는 이점은 무엇일까요. 복싱은 정말 싸움이 아닐까요. 머리가 띵합니다. 우선 3분 1라운드 동안 가드를 떨어뜨리지 않고 쉼 없이 움직일 수 있는 체력이 되면 그때 정말 진지하게 생각해 보아야겠습니다.

2015년 11월 20일 금요일

128

04

육체적인 심리, 심리적인 육체,
비전문적 펀치

이틀 전의 일입니다. 체육관에 들어서자마자 관장님이 반갑게 맞으며 난방기를 틀어 주었습니다. 천장에 달린 공조기에서 훈훈한 바람이 내려왔습니다. 겨울에는 난방기를 가동하기 때문에 체육관이 따뜻해서 운동하기 더 좋을 거라고 했습니다. 구겨졌던 에피소드를 이틀 후에 펼치고 오늘의 훈련을 기록합니다.

공기가 훈훈하긴 했지만 인공 바람을 맞으며 운동하는 게 썩 쾌적하지는 않았습니다. 스트레칭을 하고 있을 때 팔벌려 높이뛰기를 귀엽게 하는 소녀가 들어왔습니다. 나보다 스트레칭을 먼저 끝내고서는 트레드밀을 탔습니다. 나도 준비한 음악을 귀에 꼽고 러닝을 시작했습니다. 귀여운 소녀는 오늘도 최선을 다해 조금이라도 덜 움직이겠다는 일념으로 두 팔을 손잡이에 얹고 발만 굴렸습니다.

러닝타임이 5분 남짓 되는 곡을 세 개 들었더니 15분이 가뿐했습니다. 음악은 감각을 녹이는 설탕 같습니다.

오늘은 소녀와 한 샌드백을 쳤는데 펀치력이 제법이었습니다. 양쪽에서 쳐대니까 샌드백이 어디로 흔들릴지 갈피를 잡지 못했습니다. 리듬이 깨졌습니다. 소녀는 4라운드를 마치자마자 스트레칭을 대충 하고 조금의 미련도 없이 체육관을 떠났습니다. 나는 내 리듬으로 샌드백을 치지 못한 아쉬움이 남아 두 라운드를 더 쳤습니다. 리듬. 리듬. 리듬.

체육관은 건물의 3층에 있습니다. 2층은 실용 음악 학원입니다. 발밑에 들리지 않는 악기들의 리듬이 있습니다. 내 몸속에도 리듬이 있습니다. 심장 위에 손을 얹어 보면 알 수 있습니다. 리듬은 만드는 게 아니라 만들어져 있는 거라고 생각합니다. 만들어져 있는 것을 꺼내는 거라고 생각합니다. 꺼낸 것을 타는 거라고 생각합니다. 몸속에 있는 리듬은 심리의 영향을 받습니다. 샌드백을 쳐보면 알 수 있습니다. 심리는 '메이드 인 박장호'가 아닙니다. 흔들리는 샌드백이 내 심리에 영향을 미칩니다. 영향을 받지 않는 독보적인 심리를 개척할 수 있을까요. 그건 불가능한 노동일까요. 그런 노동이 필요할까요. 내 몸은 '메이드 인 박장호'가 아닙니다. 내 최초의 몸속엔 어떤 심리가 있었을까요. 갓 태어난 아이들이 우는 이유는 무엇일까요? 무서워서? 슬퍼서? 불쾌해서? 심리 때문에 몸이 우는 것인지 몸이 바깥에 나와서 우는 심리가 형성된 것인지. 심리적인 육체. 육체적인 심리. 심리가 육체를 움직이는지, 움직이는 육체가 심리를 형성하는지.

육체가 매우 견고하게 단련되면 육체엔 심리의 영향을 받지 않는 반사 감각만 남을지도 모릅니다. 반사적으로 피하고 반사적으로 공격하고. 그런 사람을 전문가라 부르겠지요. 지식을 다루는 사람들도 마찬가지. 지식이 감각화되는 것은 경계해야 할까요. 그래야 한다고 생각합니다. 그것이 상식과 합리성을 벗어난 길을 가게 되면 반사적으로 법을 피하고 반사적으로 약자를 공격하고 결국엔 나쁜 권력과 결탁하기 때문입니다. 그것은 폭력입니다.

나는 육체와 심리가 결탁한 주먹으로 힘없는 샌드백에 폭력을 행사하고 있는 것인가요. 나는 샌드백이 무엇이라고 생각하나요. 눈코입이 생기기 전의 내 얼굴? 나는 내 최초의 얼굴에 폭력을 행사하고 있는 것인가요? 그 이후의 얼굴이 마음에 들지 않아서? 그러나 나는 전문화되지 않았습니다. 그래서 내 얼굴은 다치지 않습니다.

오늘 내가 탄 리듬은 앞으로 두 번 다시 흐르지 않을 리듬입니다. 그 리듬을 탄 박장호라는 현상도 두 번 다시 발생하지 않을 겁니다. 그래서 독보적입니다. 심리도 변하고 육체도 변합니다. 그래서 독자적입니다. 리듬은 흐르면서 변합니다. 리듬 위의 스타일은 만드는 순간 없어집니다. 언젠가 누군가 11월을 노래한 내 시를 두고 그런 스타일의 시가 더 있냐고 물었습니다. 나는 그 같은 시는 그 시 하나로 족하다고 답했습니다. 독자적인 11월이 지겹습니다. 다시는 오지 않았으면 좋겠습니다. 오래전에 구겼던 문답을 오랜 뒤에 펼치며 오늘의 훈련 기록을 마칩니다. 훈련이 지겨웠다는 말을 횡설수설한 것 같습니다. 반사적으로.

2015년 11월 25일 수요일

05

우울한 녀석의 등장,
링 위엔 친구가 없다

회사를 그만두고 집에 돌아와, 치매 증세 때문에 서서히 시들어 가는 어머니의 모습을 바라보다가 우울증에 걸린 친구가 찾아와 대성통곡을 하며 도움을 청했습니다.

"너의 생기로 어머니의 노화를 방지해. 그 방법밖에 없어."

이 얘기 저 얘기 나누다가 함께 운동을 하기로 했습니다. 오늘 11시에 만나기로 했는데 10시 30분쯤에 약속 시간을 한 시간만 늦추자는 문자가 왔습니다. 알았다고 하고 늦추어진 약속 시간에 맞춰 나갔습니다. 다시 문자가 왔습니다. "미안해 몸이 안 좋아서 월요일부터 할게." 하기 싫다는 뜻일 겁니다. 불과 몇 시간 전에 굳게 한 약속을 어기다니. 술기운에 허언을 한 모양입니다. 하기 싫으면 안 해도 된다고 했더니 꼭 나와 함께 운동을 하고 싶답니다. 그럼 오후에 갈 테니 그때 오라고 했습니다.

오후에 녀석을 만나 체육관으로 갔습니다. 관장님은 내 뒤를 따라 들어온 녀석을 보고 어리둥절해하다가 "누구신지……" 하고 물었습니다.

"친구 녀석인데 운동하고 싶다고 해서 데려왔어요."

녀석을 관장님에게 소개한 뒤 옷을 갈아입고 나왔습니다. 놈은 오늘은 등록만 하고 운동은 월요일부터 하는 것으로 관장님과 이야기를 마치고는 내가 운동하는 모습을 끝까지 구경했습니다. 새 관원을 데려와서 그런지 관장님은 전보다 내게 더 많은 관심을 기울여 주었습니다. 러닝은 몇 킬로미터로 하고 계시냐, 살은 많이 빠지셨냐, 허리는 좀 괜찮으시냐. 러닝은 9.8킬로미터로 하고 있으며 살은 평균적으로 2킬로그램 빠졌으나 공복 시에는 2킬로그램이 더 비어 있을 때도 있다, 허리는 스트레칭을 하면 시원하지만 집에 돌아가면 다시 불편하다, 했더니 집에서도 꾸준하게 스트레칭을 하랍니다. 근육의 통증이 인대의 통증을 부르고, 인대의 통증이 뼈의 통증을 부른답니다. 스트레칭은 치료법이 아니지만 꾸준히 하면 통증이 번지는 걸 어느 정도 방지할 수 있다는 말도 덧붙였습니다.

나를 보는 눈 때문에 운동이 진지해졌습니다. 운동이 진지해지니까 귀에 음악을 꽂지 않아도 러닝 15분이 금세 지나갔습니다. 이제 팔벌려높이뛰기는 백 개씩 3세트를 하는 게 익숙해졌습니다. 힘든 일은 오래 할수록 더 힘들어지는 법이니까 빨리 끝낼 수 있으면 그렇게 하는 게 좋습니다. 자세 연습 3라운드를 마치고 미트를 쳤습니다. 관장님의 가르침이 여느 때보다 섬세했습니다. 잽을 치고 난 뒤에 얼굴 밑으로 떨어지는 가드를 전부터 보았을 텐데 지금까지는 말이 없다가 오늘은 그걸 꼬집어 주었습니다. 왼쪽 가드가 떨어지는 걸 나도 전부터 알고는 있었는데 자세가 마음대로 교정되지 않았습니다. 들어오는 잽과 나가는 스트레이트가 부딪치지 않도록, 잽이 스트레이트의 길을 내주기 위해 스스로 떨어지는 것 같기도 했습니다. 잽이 제자리로 돌아오지 못하는 동작이 반복되자 관장님은 나와 자리를 바꿔 나를 링 위로 올리고 자신은 링 밑으로 내려갔습니다. 링 위에 내가 있고 내 앞에 로프가 있고 링 아래에 관장님이 있습니다. 관장님은 팔을 접을 때 로프에 닿지 않게 접으라는 주의를 주면서 미트를 내밀었습니다. 자세가 금세 교정되었습니다. 다시 관장님과 위치를 바꾸어 미트를 쳤습니다. 가드를 지키려고 애쓰다 보니 어깨가 더 빨리 피로해졌습니다. 펀치가 점점 굼벵이처럼 느려졌습니다.

"너무 느려요. 빠르게 빠르게."

잠시 동작을 멈춘 뒤 자세를 가다듬고 안간힘을 써서 스피드를 올렸습니다. 공이 울리면 저절로 정지되던 동작이 오늘은 관장님이 됐다고 할 때까지 멈추지 않았습니다. 헐떡거리는 내게 친구가 다가와 하는 말이

"너 되게 잘한다. ○○이도 이기겠는데?"

"잘하긴, 힘들어 죽겠구만. ○○이를 어떻게 이겨?"

마흔 살이 넘었는데도 어린아이들처럼 누가 누구를 이기고 말고 하는 이야기를 주고받습니다. 농담이지만요.

샌드백을 다섯 라운드 치고 훈련을 마쳤습니다. 샤워를 마치고 옷을 갈아입는 동안 녀석이 관장님한테 여기 주차장이 있는지 묻는 소리가 들렸습니다. 우울증 때문에 운동하러 오는 녀석이 주차장을 찾고 지랄입니다. 썩어빠진 정신 상태하고는. 혼잣말을 삼키고 탈의실에서 나왔습니다.

링 위에서는 곧 스파링이 시작될 것 같았습니다. 나가던 발길을 돌리고 구경했습니다. 두 사람은 친구입니다. 처음엔 서로 가볍게 주고받다가 열기가 오르자 친구고 뭐고 없었습니다. 매서운 네 개의 주먹이 섞였습니다. 한 사람은 나와 전에 스파링을 한 사슴 청년이었습니다. 그가 친구에게 두들겨 맞고 코피를 쏟았습니다. 약간의 체급 차이가 있고 훈련 기간에도 차이가 있어 보였습니다. 두 사람의 주먹 느낌이 달랐습니다. 사슴 청년은 밀어 치는 주먹, 그의 친구는 끊어 치는 주먹. 관장님이 휴지를 뜯어 사슴 청년의 코피를 닦아 주며 말했습니다.

137

"스텝도 엉망이고 턱을 치켜들고 있으니까 그렇게 얻어맞지."

스파링이 끝나자 두 청년은 헐떡거리면서 링 위에 널브러졌습니다. 나는 작은 소리로 두 사람에게 박수를 쳐주었습니다. 링 위의 주먹은 폭력이면서 질서입니다. 나는 무엇에 박수를 쳤을까요. 두려움을 이겨 낸 두 사람의 용기에 박수를 보낸 것 같습니다. 나는 링 위에 오를 수 있을까요. 링 위에 오르면 우울한 이 녀석을 실컷 두들겨 패고 싶습니다. 원래 나보다 힘이 세니까 내가 얻어터질 수도 있겠지만 그렇게 되면 아내가 가만있지 않을 것입니다.

"이것 봐요 ○○씨, 지금 내 남편한테 뭐하시는 거예요?"

관장님은 인사를 하고 돌아서는 내게 말했습니다.

"다음 주에 오시면 진도 하나 더 나갈게요. 제가 잊을 수 있으니 오시자마자 얘기해 주세요."

감사한 마음에 한 번 더 인사를 했습니다. 가르침을 주는 사람에게는 감사의 마음을 표현해야 하는데 지금까지 그렇게 살지 못한 게 후회됩니다. 감사의 마음보다 분노의 마음을 갖게 한 분들이 더 많아서 그랬던 걸까요. 세상 탓하지 않기로 합니다. 모두 내가 만들어 온 세상입니다. 어쩌면 내가 술김에 이 녀석을 내 외로운 체육관으로 끌어들인 것인지도 모르겠습니다.

2015년 11월 27일 금요일

06

전염된 우울이 일깨운 폭력성

11시부터 운동을 할 계획이었으나 우울한 친구 녀석이 어머니 병원 모시고 간다고 해서 3시로 미루었습니다. 그러나 녀석은 그 시간마저 지키지 않았습니다. 관장님은 날 보자마자 왜 혼자 왔냐고 물었습니다. 곧 올 거라고 대답은 했지만 녀석이 안 올지도 모른다는 생각을 지울 수 없었습니다. 20분 뒤에 녀석이 문을 열고 들어왔습니다. 반가움보다 녀석에게 배신당하지 못한 실망감이 밀려왔습니다. 이 정도면 나도 중증입니다.

9.9킬로미터의 속력으로 15분을 뛰었습니다. 시속을 올렸다는 성취감이 컸습니다. 하지만 왼쪽 무릎에 무리가 왔습니다. 9.8킬로미터가 지금 내 몸이 안 아프게 달릴 수 있는 최

적의 속도인가 봅니다. 7분 정도 달리고 있을 때 우울한 녀석
도 옆에 와서 트레드밀을 탔습니다. 왠지 내 사적인 고독의
공간이 침해당한 기분이 들었습니다. 하지만 도와주기로 했
으니까 녀석이 생기를 찾을 수 있게 도와주어야 합니다. 녀
석은 6.8킬로미터 워킹부터 시작했습니다. 15분 러닝을 마
치고 시속을 낮추어 녀석과 함께 워킹을 하면서 숨을 고르고
있는데 관장님이 다가와서 자세 연습을 시작하랍니다. 오늘
따라 체육관에 사람이 많아 공간 회전율이 어느 정도 나와야
했습니다. 붕대를 감고 거울 앞에 섰습니다.

"오늘 진도 하나 나가기로 하셨죠?"

관장님이 잊지 않고 새 기술을 가르쳐 주었습니다. 오늘
배운 건 원투에 이은 왼손 훅입니다.

1단계, 원투

2단계, 오른쪽 팔꿈치를 접어 오른쪽 안면을 방어하는 동
시에 왼쪽 겨드랑이를 90도로 들어올리기

3단계, 허리 회전을 이용해서 그대로 왼손 훅 치기

자세를 바르게 익히기 위해 구분 동작으로 세 라운드를 뛰
었습니다. 그 뒤엔 2단계 동작과 3단계 동작을 합쳐서 두 단
계의 구분 동작으로 세 라운드를 뛰었고 이어서 구분 동작

없이 연결 동작으로 세 라운드를 뛰었습니다. 3라운드가 끝나기 전, 관장님이 연결 동작이 어색하다며 다시 두 단계의 구분 동작으로 연습하는 게 좋겠다고 했습니다. 동작이 물 흐르듯 자연스럽지 않고 로보캅이 각기 춤을 추는 것처럼 보였나 봅니다.

우울한 녀석은 지옥의 팔벌려높이뛰기를 2백 개 하고 나서 가드를 올리고 뛰는 제자리 스텝을 배웠습니다. 옆에서 보니 자세가 정말 우울했습니다. 보폭은 좁고 광대뼈를 가려야 할 주먹이 어깨까지 내려와 있었습니다. 나도 처음에 그랬겠죠? 하지만 운동 신경이 좋은 녀석이니까 곧 익숙해질 겁니다. 열흘. 가드를 올린 어깨에 걸리는 부하가 익숙해지기까지 걸린 시간이 내 경우에도 열흘이었습니다.

꼬맹이 두 명이 와서 스파링을 했습니다. 전부터 스파링 시켜 달라고 관장님한테 조른 모양입니다.

"너희가 조른 거니까 오늘 진 사람은 팔벌려높이뛰기 3천 개 해야 집에 갈 수 있어."

아이들은 그런 게 어디 있냐고 떼를 썼지만 별 수 없었습니다. 아직 몸이 다 자라지 않아서 그런지 꼬맹이들이 낀 글러브가 뭉게구름처럼 크게 보였습니다. 빨간 뭉게, 파란 뭉게. 아이들은 그걸로 베개 싸움 하듯이 스파링을 했습니다. 한 사람이 공격하면 한 사람은 맞받아치지 않고 공격이 끝나기를 기다렸다가 반격했습니다.

"기다리지 말고 같이 쳐."

관장님이 링 밖에서 소리쳤습니다. 하지만 꼬맹이들은 그렇게까지 치열한 승부의 세계와는 아직 거리가 있었습니다.

"너희들 모두 이기려는 마음이 없었으니까 둘 다 진 거야. 둘 다 열심히 하지 않았으니까 팔벌려높이뛰기 3천 개씩 하고 내려와."

씁쓸한 기분이 들었습니다. 아이들이 이곳에서 배우게 되는 것은 무엇일까요. 공격성일까요. 그 와중에 꼬맹이들은 얼른 3천 개를 마치고 귀가하겠다는 집념으로 폴짝폴짝 가랑이를 벌리고 겨드랑이를 들었습니다.

"쟤는 꼭 ○○이 같다."

우울한 녀석이 몇 해 전에 죽은 친구 녀석의 이름을 꺼냈습니다. 기분이 안 좋았습니다.

"우린 나이를 거꾸로 먹는 것 같네. 마흔이 넘어서야 쟤네들처럼 함께 운동을 하니."

녀석이 자꾸 말을 했습니다. 녀석이 하는 말이 듣기 싫었습니다. 나는 최근에 이 녀석을 좀 싫어하게 된 것 같습니다. 나는 이 녀석이 우울한 원인을 어머니의 증세 외에 최근에 발견한 녀석의 허영심에서도 찾고 있습니다. 화려하게 살지 못해서 생기는 좌절감!

이 녀석을 생각하면 나도 자꾸 우울해집니다. 우울은 전염병입니다. 녀석이 얼른 진도를 나갔으면 좋겠습니다. 그래서 링 위에서 실컷 두들겨 패고 싶습니다. 어쩌면 이 녀석이 내게 링에 오를 용기를 줄지도 모르겠습니다.

2015년 11월 30일 월요일

07

모종의 합의, 탐색전을 펼쳐라

우울한 녀석이 먼저 와서 트레드밀을 타고 있었습니다. 옷을 갈아입으러 탈의실에 들어갔는데 러닝을 마친 녀석이 따라 들어와 붕대를 꺼내며 팔벌려높이뛰기가 정말 싫다고 했습니다. 나도 싫다고 했습니다.

무릎이 망가지든지 말든지 9.9킬로미터로 뛰었습니다. '오늘은 가볍게 하고 가야지.' 하고 체육관에 오면 그게 또 마음대로 안 됩니다. 조금이라도 더 움직이려고 합니다. 9.9킬로미터로 13분 10킬로미터로 2분을 뛰었습니다. 어제부터는 새 기술을 배우느라 자세 연습을 할 때 스텝을 뛰지 않습니다. 그래서 유산소 운동을 좀 더 세게 했습니다.

어제에 이어 원투와 레프트훅 자세 연습을 두 단계의 구분 동작으로 세 라운드 했습니다. 관장님이 다가와 연결 동작을 다시 알려 주었습니다. 배운 대로 한다고 했는데 어딘가 잘못된 곳이 있는 모양입니다.

"원투를 칠 때 발목과 허리를 제대로 돌리지 않아서 각이 나오지 않으니까 훅을 칠 때 왼팔을 뒤로 젖히게 되는 거예요. 왼팔은 겨드랑이만 들고 허리를 이용해서 쳐야 해요."

훅은 팔로 곡선을 그리며 휘어 치는 건 줄 알았는데 그게 아니었습니다. 팔로는 모양만 만들고 허리를 이용해서 치는 거였습니다. 허리를 좌우로 많이 움직여야 했습니다. 허리가 심하게 뻐근했습니다. 허리가 불편한 나에겐 쉽지 않은 동작입니다. 세 라운드 더 하라는 걸 다섯 라운드 했습니다. 훈련이 끝날 때쯤 한 꼬맹이가 집에 전화를 걸어 관장님을 바꿔 주었습니다.

"예, 어머니. 꼬맹이 오늘 제 시간에 왔어요. 어제는 약간 늦긴 했는데 여기 와서 운동하고 갔어요."

그러곤 전화를 끊고 꼬맹이에게 이렇게 말하는 것입니다.

"너 어제 어디 갔었어? 한 번만 더 거짓말하면 안 봐준다."

운동을 마치고 나서는데 아내가 떡국떡 좀 사오라는 문자를 보냈습니다. 시장까지 우울한 녀석과 함께 걸었습니다. 어제는 끝나고 당구를 한 게임 쳤는데 매일같이 운동 후의 시간을 함께 보낼 수는 없는 일. 녀석은 집에 돌아가고 싶지 않은 기색이 역력했습니다. 지워져 가는 노모가 있는 집으로 돌아가는 걸 두려워하는 것 같았습니다. 녀석은 어쩌면 꼬맹이의 어머니처럼 자신을 관리했던 어머니의 옛 모습을 그리워할는지도 모르겠습니다. 맥주나 한잔 마시자고 할까 하다가 그만두었습니다. 한두 잔 들어가면 또 이미 했던 이야기들이 새로운 이야기인 것처럼 우울이라는 실패에 감길 것입니다. 떡을 사서 돌아오는 길에 버스를 기다리는 녀석과 눈이 마주쳤습니다. 활짝 반기는 녀석을 향해 떡국떡이 든 검은 비닐봉지를 흔들어 보였습니다.

"마누라가 이것 좀 사오라고 해서."

녀석의 얼굴에서 웃음기가 사라졌고 나를 향해 디딘 한 걸음이 돌처럼 굳었습니다.

"…… 그래, 내일 보자."

집에 와서 전화를 보니 녀석으로부터 내가 훈련하는 모습이 찍힌 사진이 전송되어 있었습니다. 이번 주 운동 끝나고 한잔하자는 답장을 보냈습니다.

체육관에서 나서는 길에 녀석이 말했습니다.

"내가 빨리 진도 나가서 우리도 스파링을 해야 할 텐데……"

순간 뜨끔했습니다. 나는 이 녀석을 두들겨 패고 싶은 마음을 감추고 대답했습니다.

"너 이 새끼 나 때릴라 그러지?"

이제 모종의 합의가 이루어졌습니다. 녀석이 스트레이트까지 배우면 스파링을 해볼 것입니다. 녀석은 나보다 키도 크고 팔다리도 길고 주먹도 크고 몸의 탄력도 좋습니다. 게다가 녀석이 오늘 앞뒤 스텝으로 잽을 칠 때 관장님이 자세가 아주 좋다고 말했습니다. 아무래도 내가 얻어터질 것만 같습니다. 녀석의 약점을 유심히 관찰하기로 했습니다.

2015년 12월 1일 화요일

08

친구라는 이름의 구속

왜 그렇게 하는지는 모르겠으나 내가 몇 시까지 체육관에 가겠다고 메시지를 보내면 우울한 녀석은 30분 전에 체육관에 미리 가서 나를 기다립니다.

시속 9.9킬로미터로 12분, 10킬로미터로 6분을 뛰었습니다. 왼쪽 무릎에 부하가 걸렸습니다. 뼈가 아픕니다. 관장님의 말에 의하면 처음에는 근육이 아팠을 것이고 그다음에는 인대가 아팠을 것입니다. 앉아서 왼쪽 무릎에 마사지를 했습니다. 통증이 사라질 때까지 기다렸다가 팔벌려높이뛰기를 했습니다. 무릎 컨디션을 생각해서 1세트는 50개씩 나누어서 했고 2, 3세트는 백 개씩 했습니다. 함께 팔벌려높이뛰기를 하면서 녀석에게 1부터 백까지 세는 것보다 1부터 10까지 열 번 세는 게 훨씬 편하다고 했더니 이미 그렇게 하고 있답니다. 역시 센스는 나보다 뛰어난 녀석입니다.

1부터 100을 세면 100이 될 때까지 계속 고통스럽습니다. 초점이 100에 맞춰져 있고 마음속으로 세는 것이지만 십 단위에 접어들면 수를 발음하기도 힘들기 때문입니다. 1에서 10을 열 번 세면 고통이 훨씬 덜합니다. 초점이 10에 맞춰져 있고 1부터 10까지만 발음하면 되기 때문입니다. 또한 1에서 100을 셀 때보다 '지금 바로 이 순간'에 집중하게 됩니다. 그래서 목표를 세울 때는 장기적인 목표보다 단기적인 목표를 세워서 실행해 나가는 게 좋다고 하나 봅니다. 내가 앞으로 어떤 사람이 될 것인가 고민하기보다는 내가 지금 어떤 사람인지를 자각하며 순간순간에 집중하려고 합니다. 단점이 있다면 10을 몇 번 셌는지 까먹기 쉽다는 것. '어라, 지금 내가 누구지?'

붕대를 감고 거울 앞에 서니 관장님이 다가와서 어제 배운 원투 레프트훅을 쳐보랍니다. 배운 내용을 떠올리며 거울 속에 펀치를 날렸습니다.

"예, 좋아요. 이제는 스텝을 뛰면서 '잽잽 원투 레프트훅'으로 네 라운드요."

어제 체육관에서 두 라운드 나머지 공부를 한 데다가 집에 가서 유튜브에 올라와 있는 복싱 강좌를 보며 레프트훅 자세를 연구했습니다. 학습 효과가 있었습니다.

우울한 녀석이 드디어 글러브를 받았습니다. 관장님이 어떤 색깔을 원하는지 물으니까 1초 정도 생각하다가 자신의 손목을 감은 붉은색 붕대를 보더니 빨간색으로 달랍니다. 내 글러브와 같은 색깔입니다. 나는 녀석이 파란색이나 금색을 고르길 바랐습니다.

관장님이 내게는 잽과 스트레이트와 훅으로, 녀석에게는 잽으로 샌드백을 치는 방법을 알려 주었습니다. 잽과 스트레이트는 샌드백의 오른쪽에, 훅은 왼쪽 측면에 타점을 잡아야 했습니다. 잽과 스트레이트는 직선, 훅은 곡선입니다. 잽과 스트레이트를 맞고 앞뒤로 조금씩 흔들리는 샌드백의 뺨에 훅을 날리면 흔들리는 방향이 살짝 바뀌었습니다. 샌드백과의 거리를 조절하는 게 힘들었습니다.

쉬는 시간 30초가 지나가고 다음 라운드 공이 울리자 녀석이 내게 글러브를 내밀었습니다. 녀석의 글러브에 내 글러브를 부딪치며 파이팅을 다짐하고 샌드백에 달려들었습니다. 관장님이 다가와 녀석에게 자세가 좋다고 칭찬했습니다. 곁눈으로 흘낏 보니 아래위로 길쭉한 것이 캥거루 복싱 같았습니다.

운동을 마치고 탈의실에서 옷을 갈아입는데 녀석이 선물을 가져왔다며 쇼핑백을 내밀었습니다. 백 속에는 겨울 점퍼

두 개가 들어 있었습니다.

"뭐야? 신변 정리하고 사라지려는 거야?"

녀석이 겸연스럽게 웃으며 답했습니다.

"아직 짐을 다 못 옮겼어. 집에 둘 곳이 없어서 그래."

녀석은 나와 옷 입는 스타일이 다릅니다. 나는 좀 펑퍼짐한 옷을 좋아하는데 녀석은 타이트한 옷을 좋아합니다. 입어보니 어깨가 갑갑했습니다.

"야, 이런 걸 내가 어떻게 입어."

"원래 그렇게 입는 거야. 살이 좀 더 빠지면 괜찮을 거야."

귀찮아 죽겠습니다. 나는 옷을 '입고' 싶습니다. 나는 옷 속에 '찡겨' 있는 게 싫습니다.

2015년 12월 2일 수요일

09

우울한 감정의 프로

우울한 녀석이 오늘은 일이 있어 체육관에 못 간다는 메시지를 보냈습니다. 알았다는 답장을 보내고 체육관으로 가는 마음이 홀가분했습니다. 함께하기로 하고선 막상 함께하니까 왜 귀찮은 마음이 드는 걸까요.

러닝을 하며 마음속으로 무언가를 저주했습니다. 그 무언가가 사람은 아니었습니다. 사람에겐 사랑할 사람도 필요하고 미워할 사람도 필요한 모양입니다. 그래야 감정에 균형이 잡히나 봅니다. 내가 저주한 건 미움의 대상을 찾아 자꾸 균형을 잡으려고 하는 이기적인 감정의 유전자였을까요. 무책임한 변명 같습니다. 내가 이기적인 것이겠죠. 사랑할 사람도 별로 없는데 왜 자꾸 친구에게 나쁜 마음이 드는 걸까요. 내가 분명 좋아하는 친구였는데. 좋아하는 마음만 있어서 마음에 균형을 잡으려고 미워하는 마음을 개발하고 있는 것인가요. 녀석에 대한 생각은 '나는 녀석을 좋아한다.' 녀석에 대한 딴생각은 '나는 녀석을 미워한다.' 이런 딴생각은 하나도 재미없군요. 딴생각이 재미없다면 그건 내 마음이 병들어 있기 때문일 겁니다.

오늘은 체육관에서 단 한 마디도 하지 않았습니다. 관장님도 첫인사만 하고 아이들과 링에서 놀기만 할 뿐 내게 아무 말도 건네지 않았습니다. 고마웠습니다.

운동을 마치고 샤워를 하고 탈의실 문을 열고 나서니까 그제야 오늘은 왜 혼자 왔는지 물었습니다.

"일이 있다고 하네요."

돌아가는 길에 술집에 들러 병든 마음에 물이나 한잔 주려고 했는데 운동 직후에 잰 체중을 보고 고무되어 집으로 바로 들어갔습니다. 체육관에서는 땀에 젖은 옷을 입고 잰 것이니까 집에서 홀딱 벗고 재면 몸무게가 더 적게 측정될 것 같았습니다. 병이나 든 주제에 마음이 자꾸 균형을 잡으려 합니다.

체중이 결혼 전으로 돌아왔습니다. 살아오면서 살이 빠지는 건 처음입니다. 이제 1.5킬로만 더 감량하면 크루저급으로 내려갈 수 있습니다. 아마추어 복싱에는 크루저급이 없습니다. 라이트 헤비급 다음에 바로 헤비급입니다. 프로 복싱에는 라이트 헤비급과 헤비급 사이에 크루저급이 있습니다. 나는 뭐 하나 딱 부러지게 잘하는 것도 없으면서, 이제 겨우 2달밖에 안 된 복싱 초보자면서, 시소처럼 오른쪽 왼쪽으로 기우뚱거리는 내 마음의 질환, 그 처치 곤란한 무게를 프로 복싱 체급에 우겨 넣으려 합니다. 우울한 감정의 프로라도 된다는 듯이.

2015년 12월 3일 목요일

10

몸은 거짓말을 하지 않는다

금요일이라 체육관이 한산했습니다. 우울한 녀석이 러닝을, 꼬맹이 한 명이 자세 연습을 하고 있었습니다. 내 뒤에 꼬맹이 한 명이 더 들어왔고 관장님은 두 꼬맹이를 링 위에 불러 모아 스파링을 붙였습니다. 늦게 도착한 꼬맹이가 계속 밀렸습니다. 1라운드가 끝나자 관장님이 밀린 꼬맹이를 불러 귓속말로 뭔가 소곤소곤 주문을 넣었습니다. 2라운드에서는 전세가 역전되었습니다. 관장님이 꼬맹이에게 돌면서 치는 방법을 알려 준 것 같습니다. 움직임 하나만으로 맞는 꼬맹이와 때리는 꼬맹이의 처지가 싹 바뀌었습니다. 복싱! 정말 묘한 운동입니다.

5일 연속이라 그런지 오늘따라 운동이 힘들었습니다. 꼬마들이 돌아간 체육관에도 어쩐지 침울한 기운이 감돌았습니다. 우울한 녀석은 오늘 원투를 배웠습니다. 스텝 없이 자세만 연습하니까 할 만해 보였습니다. 나는 자세 연습 네 라운드에 샌드백 네 라운드를 쳤고 우울한 녀석은 샌드백을 치지 않고 자세만 연습했습니다. 원투와 훅으로 샌드백을 치다가 문득 지난번에 배운 뒤로 빠지는 동작과 더킹에 이는 원투 스트레이트를 제대로 칠 수 있는지 궁금했습니다. 역시 동작이 약간 어색했습니다. 원투와 훅을 치는 중간에 복습을 섞어서 했습니다. 몸이 다채로워진 느낌이 들었습니다.

체육관에서 나와 담배 한 대를 피우고 맥주를 마시러 갔습니다. 녀석에게 기분이 좀 나아졌냐고 물었습니다. 녀석은 내 덕분에 최악의 상태에서는 벗어났다고 했습니다. 하지만 나는 뭘 도와줬는지 몰랐습니다. 함께 있어 준 것만으로 도움이 되었다고 생각하는 건지. 내가 그 곁에 있어 준 건지, 그가 내 곁에 있어 준 건지. 도통 모르겠는 내 마음을 숨기고 최근에 너를 싫어하고 있다고 어렵게 녀석에게 말했습니다. 녀석은 그 말에 고개를 끄덕였습니다. 그래서 어쩌라는 건지, 계속 미워하라는 건지 미워하지 말라는 건지.

소주를 한잔 더 마시고 싶었으나 술이 길어지면 운동 후의 상쾌함이 사라지고 다시 우울한 이야기를 주고받게 될 것입니다. 녀석을 버스 정류장으로 보내고 집으로 돌아왔습니다.

허리를 많이 움직이는 운동을 일주일 동안 하루도 빠짐없이 했습니다. 힘든 1주일이었으나 이번 주에 목표로 삼았던 체중 감량을 초과 달성했습니다. 과도한 훅과 러닝 때문에 허리와 무릎이 아픕니다. 하지만 뭐 어떻습니까. 몸뚱이에 파스 몇 장 정도는 붙여야 운동하는 사람이라 할 수 있잖겠습니까.

오늘로 복싱에 입문한 지 정확히 두 달이 되었습니다. 아직 턱 선이 명확하게 생기지는 않았지만 오늘 볼에서 출렁거리는 살파도가 현저하게 잔잔해진 걸 확인했습니다. 그리고 허리띠를 끝까지 졸라매도 바지허리가 편합니다. 달리기는 9.9킬로미터로 15분을 달릴 수 있게 되었으며, 거꾸로 매달려 가슴에 손을 모으고 하는 윗몸일으키기는 처음에 열 개밖에 하지 못했지만 지금은 그래도 스무 개까지는 할 수 있습니다. 94킬로그램까지 나갔던 몸무게는 식사량을 조절하지 않고 순전히 운동만으로 86킬로그램대로 진입했습니다. 어떤 일이든 꾸준히 하면 반드시 성과가 나온다는 걸 체험하고 있습니다. 감정과 달리 몸은 거짓말을 하지 않습니다.

2015년 12월 4일 금요일

라운드 4

미용사 S와 MR. G의
페이스오프

풀 파워로 치고받는 스파링을 한 뒤에.
절교하는 걸 목표로 삼으면 제대로 하게 될까?
내가 제의하면 녀석은 얼굴을 붉히며 말할 것이다.
"우리가 왜 그렇게 험하게 살아야 해?"
그러면 나는 녀석의 말에 동의하며 나 자신에게 이렇게 말하겠지.
"그러게 말이야, Mr. gloomy!"

01

해보지 않은 것을 하려면
해보지 않은 것을 하라

허리가 많이 아픕니다. 관장님은 내가 마흔 살이 넘은 걸 아는지 모르는지, 아는데 모르는 척하는 것인지. 거울을 보면서 '잽잽 원투 훅'을 치고 있는데 다가와서 이제는 스피드를 좀 올리랍니다. 입으로는 '잽잽 원투 훅'을, 손으로는 구령에 맞춰 손뼉을 치며 어느 정도의 속도로 해야 하는지 알려주었습니다. 허리에 통증이 있어서 빨리 돌리기가 힘들다고 했는데 그래도 해야 한답니다. 속도를 올리니까 오른쪽 스트레이트를 쪽 뻗기가 힘들었고 훅의 각도도 어긋났습니다. 높인 속도로 자세가 잡힐 때까지 연습했습니다. 관장님이 보기에 자세가 좀 잡혔는지 글러브를 끼고 오랍니다. 공포의 미트치기. 거울 보면서는 훅을 허리로 칠 수 있게끔 연습을 했는데 미트 앞에 서니 도로 팔을 휘두르며 쳤습니다. '어 이게 아닌데……' 속으로 생각하며 고개를 갸웃거리니까 관장님도 치고 나서 본인이 이상한 걸 느끼지 않았느냐고 물었습니다.

"그게 잘 안 돼요. 그래서 이 연습을 하는 거예요. 자 다시 가시죠. 오른쪽 스트레이트를 쭉 뻗으세요. 그래야 발목도 잘 돌아가고 허리도 잘 돌아가서 훅을 내는 게 편해져요."

스트레이트를 쭉 뻗으면 허리가 잘 돌아간다고요? 이 관장님이 내 나이를 아는 건지 모르는 건지. 아이고야.

"원투가 다시 느려졌어요. 원투."

헐떡거리다가 다시 자세를 잡고 속도를 올렸습니다.

"수고하셨습니다. 샌드백 네 라운드요"

훅을 배우기 전엔 숨만 헐떡거렸을 뿐인데 이젠 허리까지 아파서 고만 딱 죽을 것만 같습니다. 우울한 녀석은 '잽잽 원투'를 연습하고 있었습니다. 녀석에게 말했습니다.

"야, 나 죽을 것 같아."

"너무 무리하지 마."

샌드백을 치면서도 훅이 계속 마음에 들지 않았습니다. 다섯 라운드를 쳤습니다. 우울한 녀석도 잽잽 원투로 샌드백을 쳤습니다.

샤워를 하고 옷을 갈아입는데 밖에서 여자 관원들이 관장님한테 지난주에 운동 3일 했는데 살이 하나도 안 빠졌다고 웃으며 투덜거리는 소리가 들렸습니다.

"너희 지금 하루에 50분씩 운동하고 있지? 3일 했으면 3시간 운동한 건데 그렇게 하고 살 빠지길 바라면 안 되지."

"근육이 붙어서 그런 건가요?"

"너희 아직 근육 붙을 때 안 됐거든?"

까르르 웃으며 인사하고 퇴장하는 여자 관원들. 관장님은 팔벌려높이뛰기를 하고 있는 꼬맹이와 대화를 이어 나갔습니다.

"야, 너는 어떻게 95 다음에 99야? 96, 97, 98은 어디 갔어?"

"그러게요. 자꾸 헷갈려요."

"그렇지? 나도 자꾸 헷갈려서 네가 러닝을 했는지 안 했는지 모르겠네. 그거 하고 러닝도 해. 알았어?"

꼬맹이를 놀려 먹는 관장님의 입담이 재미있습니다.

오늘은 9.9킬로미터에서 11킬로미터까지 속도를 바꿔 가면서 도합 3킬로미터를 뛰었습니다. 똑같은 시속으로 15분을 뛰는 것보다 속도를 달리하면서 15분 이상을 뛰는 게 심리적으로 힘이 덜 듭니다. 변화가 없는 지루함이 몸을 더 지치게 하나 봅니다.

팔벌려높이뛰기는 1세트 때 150개를 했습니다. 하면 할수록 몸이 가벼워졌습니다. 3백 개도 한 번에 할 수 있을 것만 같았습니다. 하지만 묘한 불안함과 두려움을 느껴 150개에서 동작을 멈췄습니다. 나는 망치를 든 두더지 머신이었습니다.

'내가 정말?'

튀어 오르는 두더지를 스스로 때려 누르는 두더지 머신.

프로 레슬러 릭 플레어는 최고의 남자가 되려면 최고의 남자를 꺾어야 한다고 했습니다. 마찬가지로 해본 적 없는 일을 하려면 해본 적 없는 일을 해야 합니다. 한 번도 해본 적 없다는 불안함 때문에 그보다 훨씬 잘할 수 있는 잠재력을 발휘하지 못합니다. 이것도 병입니다. 이번 주는 병과 함께 시작합니다.

2015년 12월 7일 월요일

02

번뇌에 빠진 40대 훈련생

몸이 너무 무거웠습니다. 러닝을 하는 도중 오늘은 이것만 하고 일찍 들어가리라 마음먹었습니다. 러닝도 제대로 할 수가 없어 워킹으로 대체했습니다. 그래도 팔벌려높이뛰기는 해야지 싶었습니다. 이것만 하고 가야지 마음먹고 50개씩 30개씩 20개씩 나눠서 했습니다. 3백 개를 다 채웠는지도 모르겠습니다. 그래도 자세 연습은 하고 가야지 싶어 붕대를 감았습니다. 링 위에서는 20대 청년 둘이 스파링 두 라운드를 마치고 둘 다 코피를 흘리며 널브러져 있었습니다. 자세 연습까지 했는데 샌드백은 치고 가야지 싶어 글러브를 끼고 샌드백을 쳤습니다. 관장님이 나를 불렀습니다. 스파링을 마친 두 청년 중 한 명과 스파링을 붙였습니다. 나는 때리기만 하고 청년은 막거나 피하기만 하는 스파링입니다. 관장님은 지금까지 배운 모든 펀치를 사용해서 마음껏 공격하라고 했습니다. 그래야 훈련이 된다고. 내가 세게 치지 못하면 자신이 올라가서 친다고. 한 번에 2연타까지만 치라고 하며 내가 링에 오를 수 있게 링 줄을 밟아 주었습니다.

공이 울렸습니다. 예의를 표하고 스파링을 시작했습니다. 그러나 가드를 올린 채 내 눈을 빤히 쳐다보는 상대를 세게 칠 수가 없었습니다. 주먹을 꽉 쥐지도 못하고 펀치를 날렸습니다. 왼손부터 시작해서 오른손으로 이어지는 펀치는 상대방이 잘 피했지만 변칙적으로 먼저 뻗는 오른손 스트레이트는 피하지 못했습니다. 때리는 게 미안했습니다. 링 밖에서 관장님이 너무 마음이 약하신 것 같다고 했습니다. 도망가는 상대방이 빠져나가지 못하게 퇴로를 봉쇄했으나 세게 때릴 수가 없었습니다. 힘을 빼고 물주먹을 휘둘렀습니다.

공이 울리자 관장님은 내 공격이 마음에 들지 않았는지 직접 글러브를 끼고 링에 올랐습니다. 왼손만 가지고 하는 공격의 파워가 무시무시했습니다. 가드 위를 치는 펀치마저도 상대방을 휘청거리게 했습니다.

관장님의 펀치를 보니 우울했습니다. 내가 한 것은 글러브 끼고 추는 무용에 지나지 않았습니다. 샌드백을 아무리 세게 치면 뭐하겠습니까. 사람을 세게 칠 수 없다면 소용이 없습니다. 나뿐만 아니라 방어를 하는 상대방에게도 전혀 도움이 되지 않습니다. 나의 약한 마음 때문에 상대방은 가공할 만한 위력의 공격을 온몸으로 받아야 했습니다.

샌드백 두 라운드를 더 치고 샤워실로 들어가는데 관장님이 물었습니다.

"이제 마음의 준비가 되셨나요?"

"친구 놈하고 맞춰 볼게요."

"친구 분하고 하셔 봤자 별로 도움이 안 될 거예요. 쌩쌩한 젊은 친구들하고 하셔야죠."

"얻어맞을까 봐 그렇죠."

"하하하."

관장님은 왜 자꾸 나를 시험에 들게 하는 것일까요. 거의 스무 살이나 차이 나는 친구들하고 내가 상대가 될 것이라 생각하는 것일까요.

사람을 세게 때릴 수 있을까요. 내가 낼 수 있는 가장 강한 펀치를 상대방의 펀치와 섞을 수 있을까요. 자학하는 데 에너지를 쏟아부은 적은 있어도 다른 사람을 공격하는 데 100퍼센트의 힘을 발휘해 본 적은 없습니다. 아, 모르겠습니다. 그러나 도망가고 싶지는 않습니다. 하지만 내 눈을 빤히 쳐다보는 사람을 있는 힘껏 때릴 수 있을까요. 번뇌…… 번뇌…….

2015년 12월 8일 화요일

03

샌드백은 너의 얼굴

관장님이 레프트훅 자세가 매우 좋아졌다고 하며 새로운 기술을 가르쳐 주었습니다. 원투 레프트훅에 이은 라이트훅. 레프트훅까지는 연결 동작으로, 라이트훅은 세 개의 구분 동작으로 쳤습니다. 구분 동작으로 넘어가는 순간부터 거울 속의 내 모습은 윤활유가 부족한 공작 기계 같았습니다. 혹은 초보자가 배우기에 정말 어려운 펀치입니다.

우울한 녀석은 '잽잽 원투 잽'을 배웠습니다. 지금까지 내가 본, 녀석이 하는 운동에는 진정성이 없습니다. 도대체 왜 나와 함께 운동을 하겠다고 했는지 모르겠습니다. 소파에 누워 허송세월하지 말고 할 일 없으면 나와서 책이라도 읽으라고 했더니 도서관까지 따라왔습니다. 점심시간에 어슬렁

거리며 나오는 걸 보면 잠이 안 온다는 핑계로 밤에 수컷 놀이를 하는 게 분명합니다. 내 앞에 와서 울고불고 했던 거는 순간적인 감정에 복받쳐 벌인 쇼였던가요! 이 녀석이 하는 짓거리의 패턴을 보면 그런 것도 같습니다. 도서관에서, 하던 일이 막혀 휴게실에 나와 담배를 피우고 있는데 궁리 중인 내 얼굴을 보더니 문자를 보냈습니다. 자기 때문에 억지로 도서관, 체육관 다니는 거면 그럴 필요 없다고. 그리고 좀 웃으라고. 이 녀석의 개나발 헛소리는 여기에서 끝나지 않았습니다. 내게 공무원 시험을 보랍니다. 녀석에겐 잠적했다가 별안간 공무원이 되어 나타난 친구가 있습니다. 그가 멋있고 내가 멋없었나 봅니다. 체육관엔 왜 쫓아와서 평화로운 나의 일상에 똥물을 튀기는지 모르겠습니다. 운동이 끝난 뒤엔 홀랑 샤워하고는 자기 먼저 간다며 싱글벙글 체육관을 떠났습니다. "내가 요즘 복싱을 하는데 말야……" 하며 운동 사진을 자랑하고는 뜨거운 수컷이 되겠죠.

관장님이 이 녀석과 같은 샌드백을 치라고 했습니다. 샌드백에 놈의 얼굴을 그리고 맹렬하게 두들겨 팼습니다. 위압감을 느낀 놈이 말했습니다.

"너 꼭 나 때리는 것 같다?"

역시 눈치는 빠릅니다. 하긴 자기가 하고 다니는 짓거리가 있으니까 움찔했을 법도 합니다. 샌드백을 다 치고 나자 녀석이 사진을 찍어 달라고 하며 샌드백 앞으로 갔습니다. 내 폰에 녀석의 사진을 남기기 싫어서 녀석의 폰으로 신경질적으로 셔터를 대여섯 번 눌렀습니다.

"야, 잘 나왔다."

하고 놈에게 폰을 건네주었습니다. 다 흔들렸습니다.

관장님이 시켜 주지도 않겠지만 이 녀석하고는 스파링을 하지 않을 것 같습니다. 어차피 한 달이 지나면 체육관을 떠나겠지만……. 쓸데없는 곳에 감정을 너무 많이 소비했습니다.

잘났든 못났든 다 받아 주는 게, 거짓말까지도 다 이해해 주는 게 친구라고 생각했습니다. 열흘 정도를 같이 지내 보니까 알겠습니다. 친구란 멀리 두고 가끔 만나야 반가운 족속이라는 걸. 초등학교 2학년 때 같은 반이었으니까 여덟 살 때 이놈을 처음 만났습니다. 너무 다르게 살아왔습니다.

지금까지 기술한 녀석에 대한 혐오는 내가 가진 편견 때문일 수도 있습니다. 좋아하는 이유는 그릇된 것이 없고 싫어하는 이유는 대부분 그릇된 것이라고 곰브리치가 말하지 않았던가요. 또한 미움의 대상을 마련하기 위한 나의 심리적 공작일 수도 있음은 인지하고 있어야겠습니다. 그것이 녀석에게 남은 나의 의리하고나 할까.

그나저나 허리띠에 구멍을 하나 더 뚫어야 할 모양입니다. 바지가 자꾸 헐렁거립니다. 허리둘레가 줄어드는 만큼 통증은 더 심해집니다. 허리가 너무 아픕니다. 알람이 울리기도 전에 허리가 불편해서 잠이 깹니다. 이런 와중에 겨드랑이 쪽의 날개 근육이 뭉치기 시작했습니다.

2015년 12월 9일 수요일

04

악전고투, 너나 나나

갑자기 현기증이 나서 머리가 어질어질했습니다. 하던 일을 멈추고 가방을 챙겨 체육관으로 향했습니다. 분무기로 뿜는 것 같은 보슬비가 내리고 있었습니다. 친구 녀석 욕을 해서 그런지 기분도 좋지 않았고 생활 멀미가 났습니다. 오늘은 정말 무리하지 않으리라 다짐하고 체육관 문을 열었습니다. 관장님 외엔 아무도 없었습니다. 천천히 옷을 갈아입고 거울 앞에 섰습니다. 스트레칭을 막 시작하려는데 관장님이 다가왔습니다.

"어제 라이트훅까지 배우셨죠?"

"네, 저기 관장님, 제가 몸이 정말 안 좋아서 그러는데 오늘은 살살 하다가 갈게요."

"네, 오늘은 별 말씀 안 드릴 테니까 하고 싶은 만큼 하고 가세요."

"그제부터 몸이 영 무겁고 이상하네요."

"날씨가 추워지면 다들 힘들어하시더라구요. 저도 힘들어요." 하고 돌아서는 관장님 등 뒤로 작은 한숨이 새어 나왔습니다. 관장님 입장에서는 관원들이 열심히 운동을 하고 가야 기분이 좋을 것입니다.

러닝을 시작했습니다. 도저히 뛸 수가 없는 컨디션이었습니다. 5.5킬로미터로 걷다가 그래도 한번 뛰어 보자 하고 9.9킬로미터로 뛰다가 아니야 오늘은 도저히 안 되겠어 하고 6킬로미터로 걷다가 그래도 조금이라도 더 뛰어 보자 하고 8.5킬로미터. 나는 사람을 신뢰하지 못하는 정신 질환이 있는 것 같아. 어라. 몸이 좀 풀리는 것 같은데? 9킬로미터. 하지만 내가 친구에게 갖게 된 적대적 감정은 지나친 걱정 때문에 생긴 거야. 몸이 풀리니까 숨이 좀 편해지는군. 9.5킬로미터. 내가 친구를 걱정하는 까닭은 놈이 내게 도움을 청했기 때문이지. 도움을 청하지 않았다면 나는 놈의 사정을 몰랐을 것이고…… 몇 분 안 남았다. 10킬로미터. 그랬으면 내가 녀석을 걱정할 일도 없었을 것이고, 같이 운동할 일도 없었을 것이고…… 뭔가 아쉬운데 11킬로미터. 녀석을 싫어하지도 않았을 것이고…… 처음에 많이 걸었으니까 조금만 더 속력을 내보자. 12킬로미터. 아 제기랄 귀찮아 죽겠네. 애라 모르겠다, 질주다, 15킬로미터. 결국 토탈 3킬로미터를 뛰고 내려왔습니다. 땀이 비 오듯 했습니다.

팔벌려높이뛰기는 머리가 복잡해서 수를 잘못 세는 바람에 한 번에 백 개를 넘게 한 것 같습니다. 붕대를 감고 어제 배운 원투 레프트훅 라이트훅을 쳤습니다. 중간에 관장님이 다가와서 오른팔을 뒤로 빼지 말고 겨드랑이만 든다는 생각으로 치라고 했습니다. 뒤로 빼봤자 스피드가 떨어져서 공격에 아무 도움이 안 된다고. 코치를 받은 뒤로 자세가 더 어색해졌습니다. 관장님에게 다가가 오른팔의 각도에 대해 물었습니다. 관장님이 직접 시범을 보여 주었습니다. 겨드랑이에서 떨어지는 오른팔의 각도와 주먹의 위치를 유심히 관찰한 뒤 똑같이 따라 했습니다.

"예, 그렇게 하시면 돼요. 자, 이번에는 동작을 쭉 연결해서 해보세요."

원투 레프트훅 라이트훅. 처음 하는 연결 동작인데 뭔가 그럴듯해 보였습니다.

"예, 좋아요. 지금부터 그렇게 연결 동작으로 하고 싶은 만큼 하세요."

질문을 하는 사람이 많지 않았을 것입니다. 관장님이 즐거워했습니다. 오늘 질문을 하지 않았다면 아마 내일까지 라이트훅 구분 동작으로 로보캅 춤을 췄을 겁니다.

"운동을 좀 하니까 그래도 몸이 풀리고 컨디션이 회복되시죠?"

"예, 처음엔 힘들었는데 애라 모르겠다 확 뛰어 버리자 하고 뛰니까 가벼워지네요."

싱글벙글. 역시 관원이 열심히 운동하면 즐거워하는 게 분명합니다.

자세 연습을 일곱 라운드나 한 것 같습니다. 오늘은 글러브를 낀 손으로도 자세 연습을 했습니다. 분홍색 얼굴하고 빨간 장갑 두 개하고 셋이서 둥실둥실 아주 잘 어울렸습니다.

샌드백은 네 라운드를 쳤습니다. 지금까지 배운 펀치를 총동원해서 단타, 연타 가릴 것 없이 신나게 샌드백을 두들겼습니다. 치고 싶은 대로 원 없이 쳤더니 기분이 좀 좋아졌습니다.

정리 운동을 마치고 탈의실에 들어가니 내 위치를 묻는 우울한 녀석의 문자가 와 있었습니다. 머리가 아파서 먼저 운동하고 이제 씻고 간다고 답했습니다. 자기는 이제 서울로 올라오는 중이랍니다. 어제 초저녁에 차 끌고 간 놈이 이제야 올라옵니다. 밤새 술 퍼마셨거나 밤새 수컷 놀이 했거나? 사업 파트너십 때문에 이제 올라오는 건 아닐 텐데……. 집에 계신 노모는? 휴우~~ 그러든지 말든지 원래 그렇게 살아온 녀석인데? 애고애고 내 질환이 반이고 놈 질환이 반입니다. 자기 할 거 다 하고 살면서 도대체 나한테 뭘 도와 달라고 했던 건지 모르겠습니다.

2015년 12월 10일 목요일

05

미용사 S와 MR. G의 페이스오프

오늘은 펀치 피하는 훈련을 했습니다. 상대방이 던지는 펀치를 가드 없이 머리와 허리의 움직임만으로 피하는 훈련입니다. 이런 훈련을 눈연습이라고 부릅니다. 내가 먼저 맞는 역할을 맡았고 우울한 녀석이 때리는 역할을 맡았습니다. 사실 이 녀석은 원래 우울한 녀석이 아니라 미용사 S입니다. 밝고 명랑하기 그지없고 친구라면 따라서 강남 갔다가 다른 친구가 부르면 강남에서라도 돌아올 정도로 친구를 좋아하는 녀석입니다. 어쩌다 생활에 속아 이 모양이기는 하지만 생활만 원만하면 친구들에게만큼은 상당히 청순한 녀석입니다.

원래는 어제부터 링 위에서 잽만 가지고 하는 스파링을 하기로 했었는데 어제 나와 녀석 둘 다 몸살 때문에 못 나와서 관장님이 깜빡 잊었나 봅니다. 계속 자세 연습만 시키고 미트만 치라 하고 샌드백만 치라 했습니다.

미용사 S는 '잽잽 원투 잽, 잽잽 원투 원투'로 오늘 처음 미트를 쳤습니다. 녀석은 생각보다 박자를 잘 못 맞췄습니다. 저런 녀석이 아닌데……. 3일을 쉬어서 그런가 봅니다. 게다가 녀석도 오늘 하루 종일 콧물에 기침이었습니다. 감기까지 따라 걸리다니.

샌드백을 치고 나서 녀석이 관장님에게 스파링 좀 하면 안 되는지 물었습니다. 관장님이 깜짝 놀라 지금 스파링하면 두 분 다 크게 다친다며 손사래를 쳤습니다. 금요일엔 분명히 우리가 원하면 잽만 주고받은 스파링을 시켜 준다고 했는데……. 우리가 아쉬워하자 그럼 맛보기라도 해보겠냐고 물어서 그 맛 좀 보겠다 하고 헤드기어와 스파링용 글러브를 끼고 눈연습을 하게 된 것입니다.

내가 전에 해본 적이 있어서 관장님이 나 먼저 맞으라고 한 것인데, 이 녀석이 싱글벙글 웃으며 장난치듯이 똑같은 속도로 똑같은 간격으로 설렁설렁 주먹을 던지는 것이었습니다. 펀치가 눈에 뻔히 보였습니다.

"어, 왜 하나도 안 맞지?"

보다 못한 관장님이 미트를 가지고 오더니

"그렇게 일정한 간격으로 때리면 아무 도움도 안 돼요. 저

하는 거 잘 보세요."

하고 미트를 내 머리통에 변칙적인 간격으로 내리치기 시작했습니다. 피한다고 피했는데 피해지지가 않았습니다. 이 녀석이 분위기 파악 못 하고 장난치는 바람에 미트질당한 것입니다.

녀석이 다시 주먹을 날렸습니다. 맞더라도 눈은 뜨고 맞으려고 애썼습니다. 펀치 몇 방이 관자놀이를 덮은 헤드기어를 때렸습니다. 한 번에 한 방만 쳐야 하는데 이 녀석이 연타를 날리는 것이었습니다. 땡, 공이 울리고 위치가 바뀌었습니다. '죽었어.' 한 방, 한 방 신중하게 놈의 이마를 향해 잽을 날렸습니다. 1분 동안 계속 맞춘 것 같습니다. 그러던 중 피하는 머리를 따라 궤적이 휘어지는 잽이 두세 개 나왔습니다. 맞추기는 했으나 이래서는 힘이 실리지 않겠다 싶어 좀 더 빠르게 잽을 던졌습니다.

"퍽"

이마와 코 사이로 정타가 들어갔습니다. 때리고 나서 가슴이 덜컹 했습니다. 이렇게 정통으로 맞출 생각은 없었는데……. 그 뒤로 이 녀석이 정신을 차렸는지 머리와 허리를 움직이는 속도가 현저하게 빨라졌고 나는 헛손질을 했습니다. 공이 울렸습니다.

관장님이 미소를 지으며 말했습니다.

"한 라운드씩 더 해보실래요?"

나는 "네~~." 녀석은 "아니요. 이걸로 됐어요."

관장님은 글러브와 헤드기어를 정리하는 방법을 알려 주며 틈나는 대로 단계별로 진행되는 눈연습을 하고 숙련되면 스파링을 붙여 주겠다고 했습니다. 오늘 우리가 한 눈연습은 1단계였습니다. 저번에 나는 이런 것도 안 하고 바로 링 위에서 20대 청년과 잽 피하기 훈련을 했었는데……. 관장님은 나를 40대 유망주로 본 것일까요? 아니면 실컷 두들겨 맞게 한 뒤에 그만 나오게 하려 한 것일까요? 나는 오늘도 그걸 할 줄 알았습니다. 그랬다면 아직 스텝이 꾸준하지 않은 녀석을 스텝으로 찍어 누르며 좀 더 재미있게 때릴 수 있었을 텐데…… .

"야, 싹싹 피하니까 약 오르지 않냐?"

"아니, 맞으니까 약 올라. 너 왜 그렇게 세게 때려?"

"너도 나 세게 때렸어. 게다가 너는 두 방, 세 방 연속으로 쳤잖아!"

다른 날보다 재미있게 훈련을 마치고 체육관을 나서고 보니 주머니에 휴대폰이 없어 발길을 되돌렸습니다. 두 청년이 눈연습 두 번째 단계를 훈련하고 있었습니다. 관장님이 구경하고 가랍니다.

공격하는 사람이 '잽, 스트레이트, 원투'를 순서대로 치면 방어하는 사람은 몸으로 피하든 가드로 막든 알아서 방어하는 훈련이었습니다. 한 명은 몸의 움직임과 가드를 적절히 이용해서 방어했고 한 명은 가드로만 방어했습니다. 두 사람의 펀치 모두 가드를 뚫지는 못했습니다.

"좀 더 세게 쳐. 가드 뚫리는지 안 뚫리는지 한번 세게 쳐 봐…… 거봐, 안 뚫리지? 그러니까 세게 쳐, 세게."

문 밖에서 녀석도 훈련을 지켜보고 있었습니다. 계단을 내려오면서 녀석에게 물었습니다.

"너 쟤네들처럼 나 세게 때릴 수 있겠냐?"

녀석은 대답을 하지 않았습니다. 하긴 나도 그렇게까지 세게 치진 못할 것 같습니다. 풀 파워로 치고받는 스파링을 한 뒤에 절교하는 걸 목표로 삼으면 제대로 하게 될까요? 내가 제의하면 녀석은 얼굴을 붉히며 말할 것입니다.

"우리가 왜 그렇게 험하게 살아야 해?"

그러면 나는 녀석의 말에 동의하며 나 자신에게 이렇게 말하겠지요.

"그러게 말이야, Mr. gloomy!"

글루미는 내가 오랫동안 사용했던 온라인 닉네임입니다. 미용사 S와 미스터 글루미의 가면이 벗겨졌습니다.

2015년 12월 15일 화요일

06

복면 좀 씁시다

　왼쪽 발목에 부상을 입었습니다. 곰곰이 생각해 보니 부상의 원인을 세 가지로 정리할 수 있겠습니다. 첫째, 지난 2주 동안의 과도한 훈련입니다. 2주 동안 하루도 빠지지 않고 훈련했습니다. 둘째, 무리한 러닝입니다. 시속 10킬로미터 이상, 최고 15킬로미터로 달린 날이 꽤 있었습니다. 셋째, 훅입니다. 좌우 훅을 배우기 시작한 뒤로 몸을 좌우로 심하게 흔들었더니 축이 되는 왼쪽 발목에 무리가 왔습니다. 이 세 가지 원인이 왼쪽 발목에 부담을 가중시켜 지난 주말부터 생기기 시작한 통증이 러닝을 할 수 없을 정도로 심해졌습니다. 평소와 다른 내 몸짓을 본 관장님이 어디 불편한 곳이 있는지 물었습니다. 발목이 안 좋다고 했습니다. 스텝을 넣지 말고 가볍게 원투와 좌우 훅만 쳐보랍니다. 허리를 쓰지 않았는데도 발목에 통증이 전해졌습니다.

"장갑 벗으세요."

관장님은 1주일 정도 나의 복싱을 금지했습니다. 아플 때 무리하게 운동하면 통증이 더 커질 수 있답니다. 붕대와 글러브를 사물함에 넣고 돌아와 복싱 대신 근력 운동을 했습니다. 윗몸일으키기와 다리들어올리기, 역기들기.

윗몸일으키기는 지금까지 한 것과 달랐습니다. 누운 자세에서 양손을 머리 뒤로 깍지 끼고 상체를 20센티미터 정도만 들어 올려 그대로 5초 동안 버티는 운동. 이게 쉽지가 않았습니다. 너무 높이 들어도 안 되고 아예 안 들어도 안 됩니다.

"몸이 가장 불편한 상태에서 견뎌야 복근이 빨리 생겨요."

5개를 가까스로 했습니다. 처음 해보는 운동이 낯설어 얼굴에 내 것이라 하기 힘든 표정이 우왕좌왕 걸어 다녔습니다. 하고 나니 관장님이 오늘은 50개만 해보랍니다.

"예? 50개요?"

훈련 첫날 팔벌려높이뛰기 백 개 하라는 말하고는 차원이 달랐습니다. 다섯 개를 해보고 알았습니다. 20센티미터, 딱 그만큼만 들어 올릴 근력이 내 허리엔 없었습니다. 50개는커녕 열 개도 하기 힘들 것 같았습니다. 대경실색한 나에게 관장님은 5개를 한 뒤에 일어나서 쉬면 좀 더 빨리 회복될 거라면서 하는 데까지 해보랍니다.

들어 올리는 것도 들어 올리는 거지만 5초를 버틸 수가 없었습니다.

'1⋯⋯2⋯⋯345'

몸이 시간을 버티는 게 아니라 몸에 맞게 입술의 시간이 흘렀습니다. 3초밖에 견딜 수 없었습니다. 이리저리 한 바퀴 돌고 온 관장님이 복근 운동의 신세계 출입국 센터에서 서성거리는 나를 내려다보며 몇 개나 했는지 물었습니다. 어이없는 웃음을 손으로 가리고 열 개라고 했습니다. 오늘은 20개만 하랍니다. 남은 30개는 다리들어올리기로 대신했습니다. 그건 집에서도 가끔 하는 거라 그나마 할 만했습니다.

그다음 역기 운동. 누워서 들어 올린 역기를 가슴 위 10센티미터 지점까지 내린 상태에서 10초 견디기. 한 번은 할 만했습니다. 두 번째는 견딜 만했습니다. "하나 더"라는 주문을 듣고는 약간 불안했습니다. 아니나 다를까 세 개째에서는 팔이 부르르 떨려 가슴 위의 역기가 심하게 기우뚱거렸습니다. 한 개를 더 했다면 나는 아마 영화 〈반칙왕〉의 임대호처럼 역기에 목이 깔려 캑캑거리면서 온몸비틀기를 했을 것입니다. 관장님이 상황을 눈치챘습니다.

"역기 원위치~. 예, 오늘은 여기까지만 하시죠."

물어보니 역기는 40킬로짜리였습니다. 그 정도면 성인 남자가 한 열 개 정도는 충분히 들어 올릴 수 있는 무게 아닌가요? 도대체 이게 근육입니까, 칼국수입니까.

링 위에서는 꼬맹이들이 맹렬하게 멕시칸 스타일의 스파링을 하고 있었습니다. 아이들을 보니 갑자기 부끄러움이 밀려왔습니다. 복싱에도 프로레슬링에서처럼 복면을 쓰는 게 허용된다면 그리 하고 싶을 정도로 창피한 하루였습니다. 아, 우리나라는 테러방지법에 따라 복면을 쓰면 안 되는 나라인가요. 허허~~ 저 투철한 헤드기어!

2015년 12월 16일 수요일

07

꿈에 그리던 로프 반동

3일을 쉬고 다시 뜁니다. 왼쪽 발목의 통증은 운동할 수 있을 만큼 호전되었습니다. 휴식을 취하니 회복이 된 것으로 보아, 갑자기 운동량을 늘려서 인대가 깜짝 놀랐던 모양입니다. 러닝을 마치자 관장님이 다가와 물었습니다.

"두 분 오늘 눈연습 한번 하실래요?"

휴지를 뜯어 코를 풀면서 좋다고 말했습니다. 녀석은 어쩐지 떨떠름해 보였습니다. 관장님이 손수 나와 녀석에게 헤드기어를 씌워 주었습니다. 나는 붉은색 글러브, 녀석은 푸른색 글러브를 끼고 링에 올랐습니다. 저번에는 링 밑에서 잽을 피하는 훈련을 했는데, 오늘 한 훈련은 링 위에서 서로 한 번씩 돌아가며 잽을 피하는 것이었습니다. 녀석이 먼저 때리고

185

내가 먼저 피했습니다. 지난번보다 녀석의 펀치가 세졌습니다. 맞기도 하고 피하기도 하면서 1분 30초가 지나갔습니다. 이번에는 내가 때릴 차례. 콩콩 스텝을 찍으며 잽을 던졌습니다. 녀석이 부상당하지 않도록 주로 이마를 노렸습니다. 하지만 마음이 약해서 때리는 순간 주먹에서 힘이 스르르 빠지고 말았습니다. 그런데도 이마에 주먹이 닿으면 녀석의 고개가 뒤로 휙 젖혀졌습니다. 하지만 아프지는 않았을 겁니다. 1분 30초가 지나갔습니다. 이번에는 1라운드씩 때리고 피하기. 관장님은 훈련을 시켜 놓고 이제 안 봐도 되겠다 싶었는지 자리로 돌아갔습니다. 관장님이 지켜보지 않는 틈을 타 꿈에 그리던 로프 반동을 이용하여 녀석의 추격을 따돌렸습니다.

우리는 토요일 방과 후에 AFKN으로 프로레슬링을 보면서 거인들의 액션에 열광했던 세대입니다. 쉬는 시간이면 교실 뒤에서 가상의 로프로 친구들을 던진 뒤에 로프 반동의 힘으로 되돌아오는 친구에게 크로스 라인을 먹이며 얼티밋 워리어 흉내를 내곤 했습니다. 그런데 이번에는 가상의 로프가 아니가 실제 로프입니다. 신이 났습니다. 신이 나서 까불다가 생각보다 많은 펀치를 맞았습니다. 그건 그렇고 이 자식이 자꾸 안면 정중앙을 노리고 펀치를 뻗었습니다. 마우스피스가 없어서 입을 가격당하면 이가 부러지거나 이에 찍혀 입 안이 찢어질 텐데……. 게다가 자꾸 연타를 쳤습니다. 조금

짜증이 났습니다. 도망 다니기 귀찮아 링 중앙에 발을 묻고 펀치를 눈으로 보면서 피해 보고 싶었습니다. 다리를 움직이지 않고 몸을 모로 돌린 상태에서 상체를 좌우로 움직이니까 녀석의 헛손질이 늘어났습니다. 하지만 아직은 몸을 계속 움직여서 펀치가 빗나가는 거지, 펀치가 빗나가도록 몸을 움직이는 것은 아니었습니다.

1라운드가 끝나고 이번엔 내가 때릴 차례. 녀석은 체력이 떨어져 앞발과 뒷발이 자주 엉켰습니다. 라운드 중반이 지나자 다리가 풀린 녀석이 클린치를 했습니다. 징그러운 녀석. 밀어내고 계속 쫓아 다니면서 한 방씩 잽을 날렸습니다. 라운드가 끝나기 직전에 날린 잽이 녀석의 안면을 정통으로 맞췄습니다. 녀석은 나보다 피하는 동작이 빨랐지만 체력이 떨어졌는지 마지막 잽은 피할 생각도 하지 않고 안면을 내주었습니다.

공이 울리자 녀석은 바닥에 주저앉았습니다. 나는 그렇게 힘들지는 않았습니다. 역시 운동은 짬밥입니다. 관장님이 한 라운드씩 더 해보겠느냐고 물었습니다. 지쳐 널브러져 있는 녀석을 내려다보며 괜찮겠냐고 하니 녀석은 한 라운드씩 그러니까 총 두 라운드를 하는 건 힘들 것 같답니다. 그러자 관장님은 그럼 딱 한 라운드만 하는데, 이번에는 같이 잽을 치고받아 보랍니다.

"가드를 사용하셔도 되고, 잽 연타를 치셔도 돼요. 하지만 절대로 세게 때리시면 안 돼요. 마우스피스도 없고 두 분 의 상하실 수도 있어요."

나만의 생각일지도 모르지만 의는 벌써 조금 상했습니다. 이 녀석이 도대체 뭐하는 녀석인지 모르겠습니다. 진솔하지가 못합니다. 믿음이 안 갑니다.

공이 울렸습니다. 글러브를 부딪치고 가드를 올리고 자세를 잡았습니다. 때리기만 하고 피하기만 할 때는 몰랐는데, 치고받기 위해 자세를 딱 잡아 보니까 5센티미터 정도가 나는 녀석과 나의 신장 차이가 엄청나게 크게 느껴졌습니다. 마치 녀석이 가드로 쌓아올린 성벽 위에서 눈만 내밀고 내려다보는 것 같았습니다. 나는 녀석을 올려다보아야 하니 턱이 살짝 들린 자세가 되었습니다. 키가 크니 리치도 당연히 녀석이 나보다 깁니다. 주먹의 방향도 녀석은 위에서 아래로, 나는 아래에서 위로 향합니다. 어쨌거나 공이 울렸으니 칠 거는 치고 맞을 건 맞아야 합니다. 가드로 막는다고 막았는데 녀석이 친 내 가드가 내 코를 때렸습니다. 투 쿠션입니다. 순간 이 자식이 갑자기 배우지도 않은 보디블로우를 쳤습니다. 짜증이 나서 녀석의 빈자리를 향해 반사적으로 오른손 혹이 나갔습니다. 아차, 잽만 쳐야 하지! 다행히 때리기 직전에 멈춰서 사고가 나지는 않았습니다. 그 뒤로 지지부진했습니다. 작은 사람이 큰 사람의 안면만 노리고 들어가는 건 여간 힘든 일이 아니었습니다. 게다가 그동안 내가 누굴 때려 봤겠습니까. 모르긴 몰라도 녀석은 나보다 주먹질 서너 번은 더 하고 살았을 겁니다. 주먹 뻗는 게 나보다 훨씬 편해 보였습니다.

스파링이 끝나자 관장님이 물었습니다.

"오늘 어떠셨어요?"

"어우, 이 녀석 키가 커서 되게 힘드네요."

사실 키만 큰 게 아닙니다. 나만 빼고 친구란 녀석들은 죄다 근육질에 통뼙니다. 오직 나만 지방질에 물살입니다.

나는 오늘 내가 졌다고 생각합니다. 그런데 오히려 녀석이 더 침울하게 앉아 있는 거였습니다. 녀석은 자기가 나보다 더 많이 맞았다고 생각했습니다.

"네가 하도 이마를 때려서 지금 골이 울려 죽겠어."

내 입 속에서는 펀치를 맞아 이에 찍힌 상처에서 흘러나온 피 맛이 비릿했습니다.

스파링의 결과, 나에게 복싱은 아직 싸움에 더 가까운 것이었습니다. 상대가 친구였는데도 한 대 맞으니까 '어, 이 자식 봐라!' 하는 생각이 분명히 들었습니다. 어디까지 훈련할 수 있을까요. 조금 회의가 듭니다. 로프 반동의 감격은 금세 사라지고 말았습니다.

2015년 12월 21일 월요일

189

08

입술에 핀 붉은 장미

오늘은 쉬려고 했습니다. 최근 불어닥친 미세 먼지 때문인지 숨을 쉬기가 몹시 힘들었습니다. 하지만 내일이 성탄 전야라 오늘 쉬면 4일 동안 운동을 하지 않고 지낼 것 같아 무거운 몸을 이끌고 체육관에 나갔습니다. 미용사 S가 먼저 나와 트레드밀을 타고 있었습니다. 가볍게 땀만 흘리려 했습니다. 러닝은 가벼운 워킹으로 대체했습니다. 팔벌려높이뛰기는 대충 하는 둥 마는 둥 하고 붕대를 감고 자세 연습을 했습니다. 20대 청년 네 명이 단체로 들어왔습니다. 그중 두 명이 대회에 나가려고 격렬하게 훈련했습니다.

자세 연습 네 라운드, 샌드백 네 라운드를 마치고 쉬고 있었습니다. 내게 다가온 관장님이 물었습니다.

"저 친구하고 한번 하실래요?"

오늘 몸이 몹시 무겁다는 말을 세 번 했습니다. 그런데도 관장님은 스파링을 붙이기 위해 물러서지 않고 내 앞에 머물면서 나의 승낙을 기다렸습니다. 관장님이 지목한 친구는 이미 링 위에서 다섯 라운드 정도의 훈련을 마친 뒤였습니다.

"저 친구 힘들지 않을까요?"

"야, 너 힘들어?"

"그게, 힘이 들기도 한데, 아닌 것 같기도 하고요."

"괜찮다는데요. 하기 싫으면 안 하셔도 돼요."

하기 싫으면 안 해도 된다는 말이 맞기 싫으면 안 해도 된다는 말로 들려 승낙했습니다.

관장님은 내게 헤드기어를 씌워 주며 다음부터는 마우스피스를 준비해야 한답니다. 맞으면 맞는 거지 하고 대책 없이 스파링에 임했습니다.

"잽만 사용해서 치고받는 거예요. 잽 연타 가능하고 가드 가능해요."

상대는 20대의 눈이 맑은 사슴 청년. 공이 울렸습니다. 맞거나 말거나 공격만 생각했습니다. 링 중앙을 장악하고 청년에게 다가섰습니다. 청년은 나의 접근을 피하지 않았습니다. 선제공격을 했습니다. 잽이 가드에 막혔습니다. 곧바로 반격이 들어왔습니다. 정통으로 한 방 맞았습니다. 다시 공격했습

191

니다. 다시 한 방 맞았습니다. 가만 보니 청년은 내가 공격하기를 기다렸다가 역습을 노리는 것 같았습니다. 단발 공격으로는 안 되겠다 싶어 잽 두 방을 연속으로 날렸습니다. 첫 번째 잽은 가드에 막혔지만 두 번째 잽은 청년을 맞췄습니다. 청년이 주춤했습니다. 청년이 당황한 것 같았습니다. 청년은 링 외곽에서 왼쪽으로 빙글빙글 돌며 나의 접근을 막기 위해 잽을 던졌습니다. 몇 방은 맞았고 몇 방은 막았습니다. 나도 반격했습니다. 한 방, 두 방, 세 방, 네 방. 청년이 맞을 때까지 계속 잽을 날렸습니다. 청년이 벨트라인 아래로 허리를 숙이면서 내게 등을 보였습니다. 청년이 자세를 정비할 때까지 기다렸습니다. 그리고 다시 접근했습니다. 그때 나는 전율을 느꼈습니다. 나는 분명히 웃고 있었습니다. 어떻게 하면 맞출 수 있을까 생각하며 접근하는 게 즐거웠습니다. 나는 또 깨달았습니다. 맞을 때도 웃으면서 맞는다는 것을. 헤드기어 덕분인지 몸이 흥분해서 그런지, 아픔이 느껴지지 않았습니다. '아이코, 한 방 맞았네.' 씨익 웃고는 또 공격을 합니다. 내가 잽을 던지면 여지없이 청년의 카운터가 날아왔습니다. 주먹을 맞으면 눈앞이 깜깜해집니다. 어둠이 사라지면 또 주먹이 날아오고 나도 주먹을 날립니다. 공이 울렸습니다. 나와 청년은 언제 싸웠느냐는 듯이 어깨를 감싸 주며 서로를 격려했습니다. 자기보다 덩치가 큰 상대와 함께 뛰어 준 청년이 진심으로 고마웠습니다. 호흡이 쉽게 진정되지 않았습니다. 헤드기어를 벗고 거울을 보니 입술 주변이 피로 붉게 물들어 있었습니다. 입을 벌리고 맞아 윗입술 안쪽이 찢어진 것입니다. 관장님이 헤드기어를 받아 주며 말했습니다.

"잘하셨어요."

관장님은 물러서지 않는 내 모습이 흐뭇했나 봅니다.

"힘드네요."

피 흘리는 내 모습을 보며 미용사 S가 물었습니다.

"야, 네가 훨씬 더 많이 때렸는데 왜 피 나?"

"입 벌리고 맞았어."

청년의 친구들은 청년이 나 같은 노땅에게 살짝 밀린 게 어이없었나 봅니다.

"야, 너 왜 그렇게 맞았어?"

휴지를 뜯어 피를 닦고 훈련을 마무리했습니다. 샤워를 할 때 입술이 따가웠습니다.

체육관을 나서기 전에 청년의 허리를 안아 주며 인사를 했습니다. 청년도 내게 허리 숙여 답례했습니다. 집에 돌아와 아내에게 고민을 털어놓았습니다.

"때리기도 싫고 맞기도 싫은데 스파링을 계속 해야 할까? 근데 때릴 때도 맞을 때도 나 웃고 있더라."

입술에 핀 장미가 시들지 않았습니다. 돌이켜 보면 스포츠

를 할 때 나는 꽤 열렬한 사람이었습니다. 나보다 더 센 사람
하고 붙어도 그렇게 치고 들어갈 수 있을까요. 시험해 보는
수밖에요. 마우스피스를 사야겠습니다.

2015년 12월 23일 수요일

09

혼자 있을 때 아름다운 사람은
혼자 있어야 한다

나흘 동안 쉬었습니다. 몸이 찌뿌둥했습니다. 잠을 자도 상쾌하지가 않았습니다. 읽던 책을 덮고 매트리스에 누워 천장을 보며 생각했습니다. 만나던 사람들도 안 만나고 혼자서 뭐하고 있는 거지? 나도 모르겠습니다. 땀을 흘려 정신을 청소하기로 하고 운동복을 챙겼습니다. 아침 기온이 영하 10도까지 내려갔다더니 제법 겨울다웠습니다. 미용사 S가 연락을 기다릴 것 같아 전화를 했습니다. 골프를 치고 있었습니다. 나보다 팔자 좋은 녀석이 도대체 나더러 뭘 도와 달라는 건지 알 수가 없습니다.

문을 열었습니다. 아무도 없었습니다. 텅 빈 체육관이 내 것 같았습니다.

오늘, 드디어 시속 10킬로미터로 15분을 달리는 데 성공했습니다. 나흘 쉰 덕분에 피로가 풀려서 그런 건가 싶기도 했고, 체육관에 사람이 없어서 그런 건가 싶기도 했습니다. 훈련한 날들을 돌이켜 보니 트레드밀을 탈 때 옆에 낯선 사람이 있으면 제대로 뛰지를 못했습니다. 곁에 사람이 있으면 자꾸 주저하게 됩니다. 말수는 함께 있는 사람들의 수와 반비례합니다. 둘이 있을 땐 좀 하는데 여럿이면 여럿인 만큼 줄어듭니다. 차라리 혼자 있을 때 생각도 많이 하고 말도 많이 합니다. 볼래요?

"안녕, 지우개. 지금 무얼 지우고 있니?"

"주인님의 침묵을 지우고 있습니다."

"꽤 근사한 일을 하고 있구나."

혼자 있을 때 최고의 능력을 발휘할 수 있다면 혼자 있는 게 낫습니다. 트레드밀 위에서 몇 가지 생각을 하며 전열을 가다듬었습니다.

오랜만에 뻗는 펀치라 허리가 잘 돌아가지 않았습니다. 2 라운드가 되어서야 몸이 약간 풀려 주먹이 좀 나갔습니다. 옆에서 지켜보던 관장님이 훅을 좀 세게 치라고 했습니다. '아이고 허리야.'

"이번 주까지는 이렇게 하시고 다음 주에 진도 하나 나갈게요."

만면에 웃음을 띠고 환하게 "네." 하고 답했습니다. 새로운 걸 배우는 건 즐겁습니다. 보디블로우를 배울까 아니면 어퍼컷을 배울까. 기대됩니다. 다음 주면 내년입니다. 내년에는 지금보다 타깃을 명확하게 인식하고 살 것입니다. 훅에 파워가 실립니다.

훅훅, 훅훅. 헉헉, 헉헉.

자세 연습 네 라운드를 마치고 샌드백을 쳤습니다. 1라운드는 잽만 쳤습니다. 3분 동안 120방에서 130방 정도 쳤을까요. 어깨가 뻐근했습니다. 괜찮습니다. 30초 쉬고 나면 금세 회복됩니다. 2~4라운드는 잽잽 원투 양훅. 오른 주먹이 아직 여물지 않았는지 손목에 충격이 전해졌습니다.

"오늘은 왜 혼자 오셨어요? 한판 붙으셔야 되는데······."

그 녀석은 이제 안 나올 것 같다는 말을 오늘 어딜 좀 갔다는 말로 바꾸어 답했습니다. 마우스피스는 어디에서 사야 하는지 물으니 체육관에서 사도 되고 인터넷에서 사도 된답니다. 강매한다는 인상을 주지 않으려고 사라는 말을 안 했었나 봅니다. 사실 좀 고민입니다. 복싱이 다른 운동과 달리 상대방을 때려야 하고 아무리 잘 피해도 한 대도 안 맞을 수는 없는 운동이라 스파링을 계속 하는 게 좋을지 안 하는 게 좋을지.

주말엔 병원에 누워 있는 친구 문병을 갔습니다. 그는 오랫동안 유도를 했습니다. 스파링하다가 입 벌리고 맞아서 피났다고 하니까 잘못하면 혀가 잘릴 수도 있다며 큰일 날 뻔했답니다. 병상에 누운 녀석이 남 걱정은 잘도 합니다. 우울증이라는 녀석, 손목 인대 끊어져 입원한 녀석, 갑상선 자른 녀석. 주변에 환자투성입니다. 새해에는 너희들끼리라도 똘똘 뭉쳐 좀 건강해져라. 원래 나보다 훨씬 더 튼튼했잖니. 나는 혼자 아름답게 살련다.

복근 운동, 역기 운동, 마무리 스트레칭을 하고 훈련을 마쳤습니다. 샤워를 하고 날씨가 추운 걸 감안하여 드라이어로 머리를 말리려다가 시원할 것 같기도 해서 그냥 나왔습니다.

2015년 12월 28일 월요일

10

아듀 2015, 아듀 미용사 S

도서관에서 점심을 먹고 있는데 불쑥 미용사 S가 나타났습니다. 담배를 피울 때 녀석은 내게 운동 억지로 한 게 아니라고 했습니다. 자기도 즐거웠다고. 간밤에 하기 싫은 운동 억지로 하지 말고 좋아하는 거 하라는 메시지를 보냈던 터였습니다. 답장도 하지 않고 불쑥 나타나서 삼키던 밥이 얹힐 뻔했습니다. 녀석은 운동 덕분에 정신이 들어 최근 활동이 좀 많아졌답니다. 오늘이 녀석의 마지막 날인 것이 떠올라 계속 운동을 할 건지 물었습니다. 시간이 좀 애매해질 것 같다는 답이 돌아왔습니다.

"그럼 오늘 마지막으로 한판 할까?"

"좋지!"

세 시간 정도 책을 더 읽고 체육관으로 갔습니다. 기본 운동을 마치고 붕대를 감으니 관장님이 다가와서 눈연습을 권했습니다. 실은 책을 읽으면서 연말이니 평화롭게 운동하자는 쪽으로 마음이 바뀌어 있었습니다. 약간 망설이며 물음표를 붙인 얼굴로 녀석을 봤더니 녀석이 좋답니다. 헤드기어를 쓰고 글러브를 끼고 링에 올랐습니다. 링에 오르는 순간 체육관이 환호하는 관중으로 꽉 찬 라스베이거스 특설 링으로 변하는 환상적인 망상. 로프 사이로 몸을 넣어 링에 오르는 기분은 그만큼 짜릿합니다. 체육관 분위기 메이킹을 위해 가운이라도 하나 맞출까 봅니다.

"이번 라운드 포함해서 두 라운드 하세요. 오늘은 원투까지 사용해서 한번 해보세요."

깜짝 놀라 물었습니다.

"원투까지요?"

"네."

양손을 다 사용하라 해서 적잖이 긴장되었습니다. 가드를 하고 있으니 칠 곳이 보이지 않았습니다. 저번에 내가 이마 공격을 많이 했더니 오늘은 이마 쪽으로 가드가 많이 올라와 있었습니다. 가드를 뚫어 보려고 잽을 열심히 던졌지만 쉽게 뚫리지 않았습니다. 녀석의 주먹도 내 가드를 뚫지 못하는 건 마찬가지였습니다. 공이 울려서 얼마 남지 않았던 1라운드가 끝났습니다. 나와 녀석은 대각선으로 마주 보는 코너에 몸을 기대고 양팔을 로프에 올려놓은 채로 정돈되지 않은 감정이 섞인 시선을 교환했습니다.

공이 울려 2라운드가 시작됐습니다. 잽으로 가드를 노크하다가 라이트를 간간히 섞어 보았습니다. 뚫리지 않았습니다. 잽, 원투, 라이트 단발, 더블 잽. 잽과 스트레이트 이 두 가지 펀치를 요리조리 섞어서 공격을 하니까 녀석의 자세가 살짝 흐트러졌고, 그 틈을 타서 라이트 스트레이트를 먹여 주었습니다. 뭐 그렇게 세게 때리지는 않았습니다. 녀석은 어린 시절에 보았던 서부 영화의 주인공이 총알을 맞고 뒤로 물러서는 흉내를 내며 웃었습니다. 녀석도 제법 깊은 펀치를 자주 날렸습니다. 날아오는 펀치를 쓱싹쓱싹 잘 피했습니다. 사실 유튜브에서 전 세계 챔피언 박종팔 선수가 제자에게 펀치 피하는 방법을 알려 주는 동영상을 보고 공부를 좀 했습니다. 고개를 뒤로 젖혀서 피하는 게 아니라, 앞에서 고개를 왼쪽 오른쪽으로 까딱까딱 숙이면서 피하는 거랍니다. 그걸 시험해 보았습니다. 턱을 당기고 녀석의 눈과 주먹을 함께 보려고 노력했습니다. 그 결과 고개가 제대로 반응을 하며 날아오는 펀치를 피하는 것이었습니다. 심리 훈련의 효과에 스스로 깜짝 놀랐습니다. 이제 녀석의 펀치를 모두 피할 수 있을 것 같았습니다. 신이 났습니다. 신이 나니까 방심하게 되었습니다. 녀석의 잽을 잘 피하고 즐겁게 웃는 순간 녀석의 라이트에 안면을 정통으로 맞았습니다. 좋아서 촐싹거리다가 꼴좋습니다. 물론 녀석도 세게 때리지는 않았습니다. 하지만 정신이 뻔쩍 들었습니다. 다시 자세를 가다듬었습니다. 한 대 맞으면 꼭 한 대 때려 주고 싶습니다. 이러다 상대 잘못 만나면 맞아 죽는 거고요. 펀치 몇 방을 날리면서 적극적으로 접근하니 위협을 느낀 녀석이 나를 안 보고 고개를 돌렸습니다. 무방비 상태의 관자놀이가 보였지만 차마 주먹을 뻗을 수가 없었습니다.

"야, 고개를 돌리면 어떡해? 때릴 수가 없잖아."

"그걸 노렸어."

녀석은 그다음에 한 번 더 측은지심을 자극하는 방어법을 구사했습니다.

그 뒤로는 정타로 때리고 맞은 게 기억나지 않습니다. 가드를 뚫는 건 매우 어려운 일이었습니다. 그래서 관장님이 강하고 빠른 잽을 강조했나 봅니다. 공이 울리자 저 멀리서 관장님이 수고했다며 격려해 주었습니다. 녀석은 헤드기어와 글러브를 벗고 정수기 물을 마시며 관장님에게 가드가 딱 막고 있으니까 칠 곳이 없고 상대가 밀고 들어오면 어떻게 방어해야 할지 모르겠다고 했습니다.

"그래서 세게 치셔야 해요. 세게 치면 상대가 마음대로 못

들어오거든요."

샌드백 네 라운드를 치고 훈련을 마쳤습니다. 도중에 올해 수능 시험을 본 스물두세 살 정도의 청년이 들어왔습니다. 샌드백을 치는 걸 보니 펀치력이 엄청났습니다.

"야, 어마어마하지 않냐?"

"저 나이 때는 다 저렇지. 우리는 저 때 더 강했어."

우리는 정말 20대 초반에 강했을까요. 난 방황한 기억밖에 안 납니다. 허풍이 약간 들어간 걸 보니 녀석이 제 정신으로 돌아오고 있는 게 분명했습니다.

샤워를 하고 옷을 갈아입는 동안 관장님과 청년의 대화가 탈의실 안으로 들려왔습니다.

"너 저번에 꾸준하게 운동했으면 신인왕전 나갈 수도 있었어."

"저는 그냥 취미로 할 거예요. 나가면 다칠 수도 있잖아요. 생활체육대회만 나갈게요."

"다치는 정도가 아니라 재수 없으면 죽을 수도 있지. 생활체육대회라고 해서 안전한 거 아니야. 저번에 하나는 안와골절 입어서 수술했어."

대회에 참가해 볼 수도 있지 않겠나 했던 허황된 꿈을 그 자리에서 접었습니다.

"찾아오는 사람 중에 소질이 있어서 키워 보려고 하면 죄

다 공부한다고 가고, 일한다고 가고, 군대 간다고 가고, 아니면 나이가 너무 많고. 죽겠다, 야."

벽 너머에서 들려오는 관장님의 말에 우리는 까무러쳤습니다.

"야, 우리는 소질도 없는 주제에 나이까지 많아."

"크크크. 나이 많은 주제에 소질이라도 없으니 다행이지. 짐은 다 쌌냐?"

"아니, 다음 주에 좀 보고."

오늘은 스파링을 마친 뒤에 기분이 좋았습니다. 그래서 녀석이 약간 아쉬워하는 듯했습니다. 탈의실에서 먼저 나간 녀석이 관장님한테 새해 인사를 했습니다. 옷을 마저 입고 나서며 나도 새해 복 많이 받으시라고 인사했습니다.

"내일 안 나오세요?"

"예, 내일은 못 나올 것 같아요."

"예, 새해 복 많이 받으세요."

건물 밖에는 비가 내리고 있었습니다. 녀석은 말없이 담배를 꺼내 내게 건넸습니다. 비 내릴 때 피우는 담배는 치약보다 상쾌합니다. 필터를 누르니 느낌표처럼 톡 터지는 녀석의 맨솔. 올해 마지막 훈련이 청량하게 끝났습니다.

녀석은 비 맞지 말라고 나를 차에 태워 집 앞에 내려 주고 2016년을 향해 천천히 내리막길을 내려갔습니다. 그때 내 마음에서 뒤늦게 휘발한 그 서늘한 것의 정체는 무엇이었을까요. 후미등이 사라진 뒤에야 느낌표의 의미를 알았습니다. 녀석이 힘들어하는 순간을 노려 위로의 가면을 쓰고 내가 녀석을 이곳에 강제로 끌어들였다는 것을. 녀석은 좋아하는 친구의 권유를 뿌리치지 못해 이곳에 발을 들여놓았을 뿐이라는 것을. 하기 싫은 스파링을 억지로 했었다는 것을. 맞기 싫은 펀치를 나를 위해 맞아 주었다는 것을. 진솔하지 못한 건 그가 아니라 나였다는 것을.

잘 가라 S. 난 네게 좋은 친구가 아니었구나.

2015년 12월 30일 수요일

라운드 5

내 얼굴에 소속된
당신의 펀치

거울을 향해 펀치를 뻗었다.
거울 속의 허공에 내 얼굴이 있었다.
발갛게 달아오른 얼굴, 얼굴에 물든 젖은 노을,
노을 속으로 날리는 펀치, 펀치, 펀치.
노을이 사라지면 펀치 드렁크.

01

젖은 노을 속으로 날리는 펀치,
펀치 드렁크

새해의 첫 주가 시작되었습니다. 열람실에서 책을 읽다가 고개를 드니 창밖에 물든 노을이 점점 짙어지고 있었습니다. 내가 만든 슬픔이 체급을 올리는 것 같았습니다.

체육관에는 여자 관원 세 명이 있었습니다. 여자 1은 올해부터 혼자 운동하기로 한 모양인지 함께 다니던 친구가 보이지 않았습니다. 미용사 S를 떠나보낸 나처럼.

여자 2는 연두색 형광 티셔츠를 입고 있었습니다. 러닝을 하며 그녀가 링에서 위풍당당하게 섀도복싱을 하는 걸 지켜보았습니다. 뒤이어 관장님이 손에 미트를 끼고 링에 올라 연두 형광이 펀치를 칠 수 있게끔 미트를 자기 몸 여기저기에 붙여 주었습니다.

"아니, 아니, 왼손이 아니라 오른손으로 쳐야지. 몸이 많이 뻣뻣해졌네. 머리는 기억하는데 몸이 기억을 못 하는구나."

관장님과 연두 형광은 꽤 오랜 시간을 함께했나 봅니다. 펀치를 주고받는 품세가 두 사람을 이어 주는 마음의 끈기를 풍겼습니다.

혼자 남은 사람과 다시 만난 사람들이 뿜어내는 열기로 체육관이 뜨겁게 달아올랐습니다.

러닝을 마치고 손에 붕대를 감았습니다. 거울 앞에 서서 자세 연습을 하는데 핑크 형광 바지를 입은 여자 3이 옆에서 앞뒤 스텝을 뛰며 힐끔힐끔 나를 쳐다보았습니다. 핑크 형광이 나를 쳐다보는 걸 알았으니 나도 핑크 형광을 보았을 것인데 나는 핑크 형광의 얼굴을 기억하지 못합니다. 내 시선엔 시력이 결여되어 있습니다. 이것이 창밖에 짙어지는 노을을 바라보며 슬픔이 체급을 올리고 있다고 느낀 까닭인지도 모르겠습니다. 시력이 없는 응시, 의도가 없는 발화, 목표가 없는 노선 위의 생활. 새해가 밝았습니다. 무엇이 새롭습니까. 새로운 게 아무것도 없습니다. 친구도 떠났습니다. 아니, 내가 친구를 떠나게 한 것인지도 모릅니다. 나는 왜 친구를 이곳에 끌어들였던가요. 그가 우울증을 이겨 내는 걸 도와주기 위해서였던가요. 아닌 것 같습니다. 오히려 내가 친구에게 도움을 받으려고 땀 냄새 나는 이 좁은 체육관으로 그를 불러들인 것 같습니다. 애쓰지 않아도 인식되는 시선의 탄착점을 마련하기 위해서. 하지만 내 시력의 공백은 친구를 통해서도 채워지지 않았습니다. 그의 마음, 그의 동작, 그 어느 것도 인식할 수 없었습니다. '내가 다시 너를 무심하게 볼 수 있을까.' 공허합니다. 나는 아무도 없고 아무것도 없는 곳으로 향하고 있는 것만 같습니다.

이 노역을 견디려면 내 텅 빈 지향이 좀 더 역동적이어야 합니다. 활발하게 움직여 실재하는 허구인 소실점을 향해 다가가야 합니다. 그러면 소실점은 내가 다가간 만큼 저만치 뒤로 물러서겠지요. 계속 다가가야 합니다. 소실점이 계속 멀어질 수 있도록. 계속 멀어져야 합니다. 내가 계속 다가갈 수 있도록. 움직임 속에 불현듯 열리는 내 의식의 창밖에 더 짙은 노을이 물들어 있더라도.

거울을 향해 펀치를 뻗었습니다. 거울 속의 허공에 내 얼굴이 있었습니다. 발갛게 달아오른 얼굴, 얼굴에 물든 젖은 노을, 노을 속으로 날리는 펀치, 펀치, 펀치. 노을이 사라지면 펀치 드렁크.

새로 배운 것은 위빙이라는 방어 기술이었습니다. 오른쪽 왼쪽으로 번갈아 허리를 숙였다 펴면서 펀치를 피하는 동작입니다. 언젠가 스파링을 하던 젊은 남자 관원에게서 보았던 기술이지요. 내게는 전에 배운 더킹에 이어 두 번째로 배우는 방어 기술입니다.

"허리는 천천히 움직이세요. 처음부터 너무 빨리 움직이면 뻐끗할 수 있으니까……"

벌써 허리가 뻐근했습니다. 주목해야 하는 가르침이나 깨달음은 꼭 한 박자가 늦습니다. '미안하다, S'

아내가 새로 배운 게 뭔지 물었습니다. 위빙을 배웠다고 하며 직접 동작을 보여 주었습니다. 허리를 숙였다가 올릴 때 나도 모르게 젖은 웃음이 났습니다. 아내도 따라 웃었습니다. 올챙이 춤 같았나 봅니다. 노을에 휩싸인 헤비급 올챙이.

2016년 1월 4일 월요일

02

오답 전문 인생

　방학을 맞아 이른 아침부터 부지런히 운동하는 아이들을 보니 무료했던 내 유년의 무거운 눈꺼풀이 떠오릅니다. 나는 할 일도, 하고 싶은 일도 없는 아이였습니다. 기억나지 않는 차갑고 하얗고 긴 겨울방학 동안 나는 무얼 하며 지냈을까요. 그때 쓴 일기장이라도 모아 두었더라면 이럴 때 펼쳐 보기 좋을 텐데…….

　저 옛날 짐을 정리할 때, 초등학교 때까지의 일기는 자발적으로 쓴 것이 아니어서 보관할 필요가 없다고 판단하여 전부 내다 버렸습니다. 담뱃갑, 술병, 하다못해 쓰레기도 잘만 모으면 전시가 되는데 나는 왜 그 소중한 유년의 기록을 폐기했을까요.

사람이 잘못 판단하는 건 자기에 대한 무지, 미래에 대한 무지 때문이 아닐까 합니다. 장차 어떻게 될지 도무지 알 수가 없으니까요. 지금 당장 거추장스러운 건 버립니다. 그리고 나중에 후회합니다.

같이 다닐 땐 귀찮더니 혼자 다니니까 쓸쓸한 기분이 듭니다. 이렇게 울적할 땐 녀석과 한판 붙으면 그래도 좀 나을 텐데…….

밥을 먹을 땐 맛있는 반찬을 나중에 먹고 객관식 문제를 풀 땐 오답 먼저 솎아 냅니다. 그 버릇이 생활에도 옮겨 붙었나 봅니다. 녀석과 나는 많이 다릅니다. 그 사실을 확인하려고, 함께하는 게 오답임을 확인하려고 녀석을 맞았는지도 모르겠습니다. 역시 오답이었습니다. 후회스럽습니다.

'이렇게 될 줄 알았다면 함께하는 동안만이라도 온 마음으로 즐겁게 지낼걸. 그럼 정답보다 매력적인 오답으로 남았을 텐데.'

자꾸 오답만 고릅니다. 이게 정답이 아니라는 사실을 확인하기 위해 오답을 고르고 문제를 틀립니다.

'거봐, 내 생각이 맞지. 이거 오답이잖아.'

정답을 너무 빨리 찾으면 문제 푸는 재미가 없으니까? 오답도 읽어 봐야 하니까? 내 인생은 언젠가부터 빗나가고 있었으니까?

"친구 녀석은 짐 가지러 한번 들른대요. 오늘 들를지 다음 주에 들를지는 모르겠네요. 주말 잘 보내세요."

체육관에서 나오며 관장님에게 건넨 인사말입니다. 관원이 빠지면 쓸쓸한 기분이 들겠죠. 내 마음도 쓸쓸합니다. 하지만 오답을 골라 냈으니 아직 정답은 남아 있겠지요. 그렇게 생각하기로 합니다. 아직 정답을 고를 기회가 남아 있다고. 오답을 무시하면 안 된다고. 오답이 없으면 이 세상의 어떤 문제도 출제될 수 없다고. 오답도 정답도 이 세상의 일부라고. 나는 아주 긴 문제를 풀고 있는 중이라고. 오답은 정답을 찾기 위해 잠시 머무는 징검다리 같은 거라고.

건널목 앞에서 신호가 바뀌기를 기다리는 동안 체육관에서 다음 라운드를 알리는 공 소리가 들려왔습니다. 신호가 바뀌었고, 건널목을 건너 자전거 가게에서 부품을 한 개 샀고, 시장에서 찌개용 암돼지고기 한 근, 귤 한 봉지를 샀습니다. 마트에 가서 오징어 네 마리, 홍합 한 팩, 짬뽕라면 한 봉지, 부추 한 단, 연근 한 봉지, 마늘쫑 한 단, 흙당근 한 개, 양파 다섯 개들이 한 망, 면도날을 사서 귀가했습니다.

모든 일이 순서대로 차례차례 일어나고 있는 것 같지만 꼭 그런 게 아닌 것 같기도 합니다. 주말엔 요리를 하고 자전거를 탈 겁니다. 이건 정답입니다. 확신이 섭니다. 그걸 하려고 부품과 식재료를 샀습니다. 먼 미래를 속단할 순 없지만 눈앞의 일은 내다볼 수 있습니다. 그것이 현재의 행동을 결정합니다. 그러니 미래는 아직 오지 않은 것이 아닙니다. 이미 와 있는 것입니다. 그렇다면 과거도 아직 지나가지 않고 지금 이 순간에 관여하고 있을지도 모릅니다. 그러니 지금을 소중히 여기기로 합니다. 그러면 과거의 선택이 정답으로 바뀌지는 않더라도 매력적인 오답에 가까워질 수는 있을 겁니다. 미지의 언표를 남기고 떠난 애인을 먼 훗날 다시 만나 그 언표가 이별의 언표가 아니라 재회의 언표였음을 깨닫게 되는 것처럼.

우리가 보는 별빛은 몇 광년 전의 빛이라고 하죠? 과거가 현재와 공존한다는 말이겠습니다. 빛은 질량이 큰 물체의 영향을 받아 휘어진다고 하죠? 지금 나의 몸빛도 어딘가로 휘어지고 있습니다. 미래가 현재와 공존하고 있다는 증거겠습니다. 나는 지금 오답 위에 있습니다. 어디로 휘어지고 있는지는 모르지만 내가 고른 오답들이 크고 단단한 징검다리의 빛으로 내 등을 비춰 주었으면 좋겠습니다.

2016년 1월 8일 금요일

03

내 얼굴에 소속된 당신의 펀치

나와 연령이 비슷해 보이는 건장한 남자와 나란히 트레드밀을 탔습니다. 왠지 그와 한판 붙게 될 것 같았습니다. 아니나 다를까. 관장님이 이 남자와의 한판을 주선했습니다. 남자는 운동 시작한 지 한 달 정도 된답니다. 남자는 때리는 역할. 나는 피하는 역할.

"마우스피스 있으셨던가요?"

"아니요. 지금 사면 당장 물 수 있나요?"

"집에서 성형해서 오셔야 해요. 잽만 피하는 거니까 괜찮으실 거예요."

링에 올랐습니다. 처음에 그러하듯 남자는 규칙적인 템포로 잽을 뻗었습니다. 관장님이 변칙적으로 한 번에 한 방씩 정확하게 때리라고 주문했습니다. 남자의 주먹을 보고 피해 보려고 발을 고정시키고 잽을 받았습니다. 펀치가 보였습니다. 살짝살짝 머리를 왼쪽, 오른쪽으로 숙였습니다. 비껴 맞는 주먹과 이마에 살짝 스치는 주먹은 있었으나 정타를 맞지는 않았습니다. 그렇게 1라운드가 끝났습니다. 관장님이 내게 먼저 말을 건넸습니다.

"오늘 상체 움직임 아주 좋은데요? 그런데 주먹은 상체로만 피하는 것보다 하체를 함께 움직이면서 피하는 게 좋아요. 상대방이 다가오면 좌우로 돌면서 회피하세요. 펀치 거리 안에서는 상체를 이용하시고요."

관장님은 남자에게도 말했습니다.

"옆으로 비껴 맞은 건 때린 게 아니라 피한 거예요. 정확하게 때리세요."

2라운드 공이 울리자 10초 정도 지켜보던 관장님이 데스크로 돌아갔습니다. 이 뒤로 이 남자가 좀 이상해졌습니다. 내가 자꾸 피하니까 더블 잽을 던지는 겁니다. 한 번에 한 방씩 치라고 관장님이 분명히 말했는데 주먹이 안 맞으니까 약이 올랐나 봅니다. 첫 번째 잽은 피했지만 두 번째 잽을 여러 번 이마에 맞았습니다. 약간 화가 나서 더블 잽 치지 말라고 하려다가 말았습니다. 남자가 굉장히 힘들어했기 때문입니다. 대신 이렇게 말했습니다.

"빙글빙글 도니까 어지러우시죠?"

"네."

사실 나도 현기증이 나던 터였습니다. 관장님이 돌아오고 나서 약간의 시간이 흐른 뒤 공이 울렸습니다.

"오늘 상체 움직임 정말 좋은데요?"

"어떻게 저렇게 잘 피하세요?"

"이분은 네다섯 번 정도 해보셨어요. 그렇죠?"

끄덕끄덕

"경험이 많으시구나."

"경험이라 하기에는 좀……"

하고 대화에 말을 보탰습니다. 남자가 내게 운동 얼마나 했는지 물었습니다. 3개월 조금 지났다고 했더니 부러워했습니다. 그게 부러워할 일인지는 모르겠습니다. 거꾸로 걸어도 돌아가는 군대 시계 같은 거니까요.

마무리 스트레칭을 하느라 바닥에 엉덩이를 깐 채로 허리를 접고 있는데 출입문 쪽에서 남자의 인사말이 들렸습니다.

"앞으로 존경하겠습니다."

그리고 허리를 굽혀 내게 인사하고 관장님에게도 인사를 한 뒤 체육관을 나갔습니다. 갑작스런 극진한 인사에 어안이 벙벙했습니다. 갑자기 웬 존경? 존경할 게 뭐 있다고 존경? 남자의 말을 곰곰이 생각해 보니 내가 잘못 들은 것 같습니다. 남자가 한 말은 '앞으로 종종 뵙겠습니다.'였을 겁니다. 남자의 펀치를 꽤나 피했다고 그런 환청을 듣다니 자존감이 과했습니다.

샤워를 하고 나와 관장님에게 수줍게 마우스피스를 달라고 했습니다.

"자주 사용할 것 같지는 않지만 기념으로 장만해 두려고요. 근데 이거 어떻게 성형해야 하죠?"

"뜨거운 물에 30초 정도 담그셨다가 윗니에 끼우고 손으로 꾹꾹 눌러 맞추시면 돼요. 인터넷 보면 동영상 올라와 있으니까 꼭 서너 번 정도 확인하신 뒤에 성형하세요."

이번 주 금요일에는 체육관이 여섯 시에 문을 닫습니다. 체육관 5주년 기념 회식이 예정되어 있답니다. 시간 되면 오라고 합니다. 고맙습니다. 나를 관원으로 인정해 준 것입니다.

언젠가 절친한 시인의 시상식 뒤풀이에 갔다가 화장실에서 당신 문인 맞느냐는 질문을 들은 적이 있습니다. 기습적으로 날아온 레프트훅 같았다고나 할까요. 사람들 모이는 곳에 잘 나가지 않고 소속된 단체도 없어서 얼굴이 알려지지 않아 공짜 술을 노리고 온 불청객인 줄 알았던 모양입니다. 문인들은 대부분 ○○협회나 ○○회의에 소속되어 활동하는데, 누가 물으면 나는 ○○복싱클럽 소속이라고 말해야겠습니다. ㅎㅎㅎ

비슷한 것들은 대개 모여 있습니다. 악기는 낙원상가에, 전자제품은 세운상가에, 금은방은 종로5가에, 아귀찜은 종로3

가에, 대구탕은 삼각지에…… 또 뭐가 모여 있나……

나도 가끔 모이고 싶을 때가 있지만 이젠 술도 입에 안 맞고 편한 사람도 드뭅니다.

오늘은 내 얼굴에 펀치가 모였습니다. 이마에 맞은 몇 번의 펀치 때문에 머리가 아픕니다. 그 남자, 분명 공격을 즐겼습니다. 펀치에 제한이 없다면 매섭게 몰아붙일 사람입니다. 훈련 시간이 겹치고 그 남자의 진도가 더 나가면 한판 제대로 붙을 것 같습니다.

집에 와서 마우스피스를 만들었습니다. 사전에서 찾아보니 마우스피스는 다의어였습니다. 관악기에서, 입을 대고 부는 부분도 마우스피스입니다. 음악을 좋아하긴 했지만 음악을 안 할 줄은 알았습니다. 복싱을 배우고는 있지만 복싱을 그렇게까지 좋아하진 않았습니다. 사람 일 어떻게 될지 누가 알겠습니까. 휘어지는 대로 휘어져 나갈 뿐.

앞으로 더 많은 펀치가 내게 소속될지도 모릅니다. 체육관 안에서든, 체육관 밖에서든. 마우스피스를 만지작거리면서 말했습니다.

'아무쪼록 다치지 않게 나를 잘 보호해 다오.'

마우스피스의 의미가 확장되었습니다.

2016년 1월 11일 월요일

04

사라진 만화의 시대

"너희들 준비하고 올라와."

관장님의 지시에 따라 밴텀급 정도로 보이는 20대 초반의 청년과 헤비급은 족히 되어 보이는 20대 중반의 청년이 링에 올랐습니다. 실전 스파링이었습니다.

"자, 한번 멋있게 해봐."

공이 울리자 탐색전도 하지 않고 두 사람은 가지고 있는 모든 기술을 동원해서 한 치의 양보도 없이 치고받았습니다. 테크닉은 밴텀급 청년이 더 뛰어나 보였으나 헤비급 청년이 힘으로 테크닉의 차이를 무마시키면서 대등하게 맞섰습니다. 헤드기어 속에서 상대방의 빈틈을 노리는 눈초리, 두려움 없이 뻗어 나가는 주먹, 맞을 건 맞고 받아칠 건 받아치는 당당함, 결과에 개의치 않는 집중력, 거친 숨소리와 타격음, 무의식적으로 터져 나오는 비명. 두 사람은 몸 밖의 생장점을 찾아 가지를 뻗는 푸른 소나무였고, 링은 소나무가 자라는 험준한 바위산이었습니다. 공이 울리자 바위산은 두 사람이 뻗은 가지로 잠시 울창했다가 신기루처럼 사라졌습니다. 헤드기어를 벗고 링에서 내려온 두 사람의 얼굴은 활명수를 마신 듯 반짝였습니다.

헤비급 청년은 탈의실로 들어갔고, 밴텀급 청년은 내 옆에서 러닝을 했습니다. 그에게서 옅은 술 냄새가 났습니다. 그는 3월에 입대를 하는데 그 전에 2월에 있는 생활체육대회에 참가하기 위해 몸을 단련하는 중이라 들었습니다. 관장님은 청년의 발 사이즈를 물었습니다. 대회에 나가려면 복싱화를 신어야 하는데 대회 직후에 입대를 해야 하니까 새로 사지 말고 구해 줄 테니 신고 반납하랍니다. 세심한 관장님 같으니라고.

발 사이즈 250밀리의 청년은 하얀 피부와 검은 파마머리가 극렬한 대비를 이루어 굉장히 강인해 보였습니다. 저런 파마머리로 세계의 강자들을 차례로 쓰러뜨린 복싱 영웅이 우리나라에 있었습니다. 약관의 나이에, 그것도 자신에게 한 번의 패배를 안긴 당시 파운드 포 파운드 랭킹(모든 선수들이 같은 체급이라고 가정하고 순위를 정한 랭킹)에도 들던 당대 동급 최강의 챔피언 일라리오 사파타를 3회에 TKO로 쓰러뜨리고 챔피언에 오른 장정구 선수. 그는 그 후 무려 15차례의 방어전에서 승리한 뒤 스스로 챔피언 벨트를 반납하고 링을 떠났습니다. 몇 년 뒤 복귀하여 치른 몇 차례의 타이틀 매치에서는 아쉽게 패배했지만 그땐 이미 그의 전성기가 아니었습니다. 전성기의 그는 누구에게도 지지 않은 무적의 챔피언이었습니다. 그의 경기가 열리는 날엔 텔레비전 앞에 앉아 조마조마한 마음으로 두 손을 쥐던 소년 시절이 있었습니다. 그 경기들 중에서 소트 치탈라타 선수와 펼쳤던 3차 방어전이 가장 기억에 남습니다. 경기 도중에 부상을 당해 피를 흘리면서도 끝까지 포기하지 않고 타이틀을 지켜 냈던 경기였습니다. 피 흘리는 사람이 어떻게 죽지도 않고 저런 힘을 낼 수 있는 건지 경이로울 따름이었습니다. 상대 선수는 얼마나 치를 떨었을까요. 일본 만화 〈내일의 조〉에서 아무리 때려도 쓰러지지 않는 조와의 경기를 마친 뒤 그의 투혼에 질려 머리가 하얗게 샌 챔피언 호세 멘도사의 마음과 같지 않았을까요. 그 시절엔 이렇게 만화 같은 경기들이 실제로 벌어지기도 했습니다. 15회까지 완투한 최동원 선수와 선동열 선수의 퍼펙트게임도 있었으니까요.

　오늘의 스파링은 체급을 무시한 스파링이었습니다. 복싱은 수준에 따라 뛸 수 있는 라운드 수가 제한되어 있습니다.

아마추어 복싱은 3라운드, 프로 복싱은 4라운드, 6라운드, 8 라운드, 10라운드, 12라운드. 일제 강점기 때의 복싱 초기에 는 상위 라운드 선수가 되려면 체급에 관계없이 그 라운드 레벨에 속해 있는 선수를 모두 이겨야 했다고 합니다. 무시 무시한 규칙입니다. 플라이급 선수가 헤비급 선수를 어떻게 이긴담. 경량급 선수가 상위 레벨로 나아가려면 얼마나 힘들 었을까 상상이 갑니다. 헤비급을 신이 내린 체급이라 하는 데에는 그러한 이유도 있을 것입니다. 타고난 육체를 가진 거인들.

선천적인 조건을 극복하는 건 어렵습니다. 체급을 나누어 경기하는 것은 합리적인 제도일지도 모르겠지만 그 속에는 태어날 때 부여받은 조건에 맞게 살라는 계층 구분의 폭력적 인식이 도사리고 있는지도 모릅니다. 여러 체급을 석권한 빈 민가 출신의 복싱 영웅들에게 사람들이 열광하는 이유는 무 엇일까요. 계층 파괴 욕구를 그들이 대신 해소해 주기 때문 아닐까요. 무려 8체급을 석권하고 국회까지 진출한 복서도 있으니. '자수성가', '개천에서 용났다' 같은 말이 한자 성어 사전과 속담 사전에서 질식사한 이 시대엔 정말 만화 같은 일입니다.

관장님은 내게 위빙 동작이 많이 좋아졌다고 하면서 허리 만 가지고 좌우 폭을 넓히기 힘들면 발을 약간 벌리면서 해도 괜찮다고 했습니다. 오른쪽으로 움직일 땐 오른발 살짝, 왼쪽으로 움직일 땐 왼발 살짝. 관장님이 살짝살짝 잘 움직여서 나도 잘 움직일 수 있을 줄 알았는데 관장님이 가고 난 뒤에 해보니 '살짝살짝'이 쉽지 않았습니다. 거울로 내 동작을 봤습니다. 웃음이 났습니다. 영락없는 올챙이 웨이브였습니다. 앞다리가 쏙, 뒷다리가 쏙, 언젠가는 개구리 되는 만화 같은 일이 내게도 일어날까요?

샤워를 하고 탈의실에서 나와 인사하니 관장님이 마우스피스를 만들었으면 가지고 와서 한판 뛰랍니다. 기억력 좋은 스파링 메이커 같으니.

최근에 몸에 피로가 쌓여 운동을 좀 걸렀습니다. 크루저급 재진입이 쉽지가 않습니다. 안 타고난 헤비급 같으니.

2016년 1월 12일 화요일

사슴을 살리는 건 공포심이다

좁은 체육관이 열 명 정도의 훈련생으로 시끌벅적했습니다. 그중에는 저번에 실전 스파링을 했던 헤비급 청년도 있었습니다. 왠지 불안했습니다. 관장님이 그 청년과 한판 붙일 것만 같았습니다. 컨디션도 엉망인데 그 청년하고 붙었다간 얻어맞아 죽을지도 모릅니다. 다행히도 관장님은 링 위에서 여자 선수 훈련시키는 데 여념이 없었습니다. 다행이라 여긴 생각이 산산 조각난 건 샌드백 2라운드를 치고 앉아 쉬고 있을 때였습니다. 관장님이 로프에 두 팔을 올린 채로 나를 내려다보며

"저 친구하고 오늘 한판 하실래요?"

30대까지는 불길한 예감이 항상 빗나갔는데 40대 이후에

는 어김없이 적중합니다. 30대까지는 똘팍이었는지, 40대 이후 신기가 충만한 건지.

"오늘 몸이 너무 안 좋아서 안 될 것 같아요."

"예, 알겠습니다."

안 좋은 몸도 몸이지만 20대의 커다란 근육덩어리에게 겁을 먹었습니다. 스트레칭을 하면서 거울로 청년이 운동하는 모습을 보았습니다. 팔뚝이 쇠파이프 같았습니다. 쩌렁쩌렁 울리는 샌드백 치는 소리. 내 판단이 옳았습니다. 겁먹은 게 하나도 부끄럽지 않았습니다.

여자 선수의 훈련이 끝나자 관장님이 그 청년을 링 위로 불러올렸습니다.

"야, 미안하다. 대회 나가는 사람이라 먼저 좀 봐줬다."

청년도 1대1 훈련을 신청했는데 순서에서 밀린 모양입니다.

"오늘부터 4시 타임에는 나도 좀 뛸 거니까 앞으로 훈련하기 괜찮을 거야."

그리고 귓속말로 청년에게

"저기 저 형님하고 한판씩 하면서 하자."

이렇게 말하는 게 내 귀에 다 들렸습니다. 이 양반이 나를 죽이려고 작정을 했습니다.

"관장님, 저 친구하고 했다간 맞아 죽을 것 같은데요?"

"잽만 하면 괜찮으실 거예요. 하하."

내 말을 들은 청년이 빵 터졌습니다. 미트를 치면서도 계속 웃었습니다. 청년이 한 훈련은 왼쪽 오른쪽으로 도는 방향을 바꾸어 가면서 더블 잽에 이은 스트레이트를 치는 훈련이었습니다. 미트 치는 둔탁한 소리가 체육관에 쩌렁쩌렁 울렸습니다. 그런데 청년이 갑자기 링 바닥에 고꾸라져 발목을 부여잡고 고통을 호소했습니다. 관장님이 너무 빠르게 방향을 바꾸는 바람에 따라가던 청년의 스텝이 꼬인 것입니다. 발목이 삐었나 봅니다.

"야, 너 괜찮아?"

나도 걱정스럽게 청년을 바라보았습니다.

"이거 많이 붓겠는데? 빨리 가서 찬물로 씻고 나와. 붕대 감아 줄게. 아이고, 내가 수고했다고 말해야 하나, 미안하다고 말해야 하나?"

청년은 한동안 일어나지 못했습니다.

샤워를 끝내기 직전 청년이 샤워실에 들어와 인사했습니다. 발 괜찮은지 물으니 "갑자기 움직이다가……"하며 말끝을 흐렸습니다.

'예의 바르고 건장한 근육덩어리, 내 끝내 너를 피해 다니고 말리라.'

두려움은 부끄러운 게 아닙니다. 미국의 유명한 복싱 트레이너 다마토는 말했습니다.

"호랑이가 있는 숲속에서 사슴이 달리는 것은 공포심 때문이다. 공포심이 없으면 사슴은 죽는다."

공포심은…… 받아들여야 합니다. 그래야 달릴 수 있습니다. 내가 좀 비대한 사슴이긴 하지만…….

2016년 1월 18일 월요일

06

옷에 맞는 몸, 몸에 맞는 옷

한파가 좀 심했습니다. 추위를 피해 기온이 가장 높은 시간에 체육관에 나갔습니다. 관장님이 헛기침을 한 번 하고 "날씨가 많이 풀려서 영하 7도까지 올라갔네요." 했습니다. 영하 7도로 올라갔다는 말이 재미있었습니다. 지하 3층으로 올라왔다, 하늘에 내려왔다, 불행한 사람 중에서 가장 행복한 사람, 행복한 사람 중에서 가장 불행한 사람 등과 같은 말이 지닌 역설적이고 반어적인 매력을 풍긴다고나 할까요. 기온이 영하 7도까지나 올라갔다는 말을 들으니 얼어붙은 마음이 녹아 스스로를 가둔 빙벽을 넘쳐흐르는 해방감을 느꼈습니다. 이게 도대체 뭔 소리죠? 그동안 한파가 너무 심했나 봅니다.

오늘 새로 배운 기술은 일격 필살의 보디블로우입니다. 복서 미키 워드의 실제 이야기를 다룬 영화 〈파이터〉를 보면 이런 말이 나옵니다. 잘 모르는 사람은 안면을 가격하면 이길 수 있다고 생각하지만 진짜 충격은 복부에 쌓이는 것이라는.

관장님이 옆에 나란히 서서 잽잽 원투에 이은 보디블로우를 구분 동작으로 보여 주었습니다. 처음에는 두 단계로 보여 주었는데 따라 하는 내 동작을 보고는 아직 안 되겠다 싶었는지 세 단계로 쪼개서 보여 주었습니다. 그리고 다시 네 단계로 쪼갰습니다. 그래도 안 되겠다 싶었는지 쉬운 것부터 가잡니다.

"허리가 잘 안 돌아가시니까 쉬운 것부터 가르쳐 드릴게요. 방금 한 건 상대방을 한 방에 보내는 보디블로우고 지금 할 건 가볍게 맞추는 보디블로우예요."

처음 보여 준 동작은 몸통을 왼쪽 아래로 숙였다가 레프트를 강하게 옆으로 치는 것이었는데, 새로 보여 준 동작은 레프트를 가볍게 앞으로 내밀어 치는 것이었습니다. 위에서 나가는 펀치만 치다가 아래에서 나가는 펀치를 치니까 힘도 안 실리고 전체적인 몸의 움직임도 우스꽝스러웠습니다.

"몸을 세우지 마시고 숙인 상태에서 허리를 돌리면서 치세요, 그리고 주먹은 올려 치는 게 아니라 앞으로 치는 거예요."

그게 마음대로 되나요? 숙였던 허리를 돌리니까 뜨거운 물에 넣은 오징어처럼 몸이 뒤로 홀라당 뒤집혔습니다.

"어휴, 쉬운 동작이 하나도 없네요."

자세가 점점 어려워집니다.

마무리 운동을 할 때 관장님이 이것저것 꽤 많은 이야기를 해주었습니다. 아침은 먹느냐, 점심은 먹느냐. 어린아이들은 밥 안 먹고 운동해도 상관이 없지만 40대 넘어서면 운동하기 두 시간 전에 꼭 밥을 먹어야 한답니다. 그렇지 않으면 힘을 쓸 때 근육을 갉아 먹게 된다고. 그리고 체중은 얼마나 빠졌는지 묻고는, 79킬로그램을 목표로 해보지 않겠냐고 제안하며 날 풀리면 운동 강도를 좀 높이잡니다. 관리해 주는 기분이 들어 좋기는 했지만 복싱을 하고 나면 너무 피곤해서 다른 일을 하기 힘듭니다. 더 높은 강도의 훈련을 받을 수 있을지 모르겠습니다.

복싱을 배운 지 얼추 4개월이 되어 갑니다. 오늘이 쉰네 번째 훈련이었습니다. 체중은 85킬로그램까지 줄었다가 2킬로그램이 리바운드되었습니다. 체중을 줄이는 건 힘든 일입니다. 하지만 체형이 변했습니다. 무엇보다 엉덩이보다 엉덩이 같았던 배가 배다워졌고, 엉덩이같지 않았던 엉덩이가 엉덩이스러워졌습니다. 그리고 만져 보면 팔꿈치와 무릎, 복숭아뼈가 단단해진 것을 느낍니다. 이불 속에서 뒤척이다가 살짝 스치기만 해도 아내가 아프다고 야단입니다. 종아리와 허벅

지엔 탄력 비슷한 것도 생겼습니다.

며칠 전엔 이십대 때 처음 장만했던 슈트를 입어 보았습니다. 몸에 맞춘 옷이었는데 옷을 벗어난 몸이 되어 한 번 치수를 늘렸는데도 입을 수 없게 된 옷이었습니다. 이제 옷에 맞는 몸이 되어 바지 지퍼를 올릴 수 있게 되었고, 꼭 끼었던 재킷 품이 넓어졌습니다.

봄이 오면 슈트 밑에 샤프하게 빠진 구두를 받쳐 신고 개나리 핀 길을 사뿐사뿐 걷고 싶습니다. 정해진 곳 없는 산책의 정직원처럼.

2016년 1월 25일 월요일

07

맞아 주는 타깃은 없다

체육관 가는 길에 '도려낸 갑상선'의 전화가 왔습니다. 그는 사귀면서 한 번도 나와 반목이 없었던 친구입니다. 얼마 전에 갑상선암 때문에 수술을 했습니다. 그에게 암이 생긴 게 싫었습니다. 못마땅한 마음을 '도려낸 갑상선'이라는 잔혹한 호칭으로 표현합니다. 운동하러 간다고 했더니 내일 하면 안 되냐면서 같이 밥이나 한 끼 먹잡니다. 병원 들르느라 반차를 낸 모양. 검진을 받느라 계속 공복이었을 겁니다. 알았다 했습니다. 미용사 S까지 합류해서 셋이 김치찌개 2인분에 갈비찜 1인분을 시켜 먹었습니다. 도려낸 갑상선은 장애인으로 등록되었다 했으며, 미용사 S는 순댓국 프랜차이즈 영업을 하게 될 거라고 했습니다. 도려낸 갑상선은 너무 힘이 들어서 설 전후로 회사를 그만둘 거랍니다. 애 학교 들어가니까 참고 다니라 했더니 도저히 안 되겠다 하여 그럼 그러라 했습니다. 하지만 나는 압니다. 내일 아침엔 다시 자동차 시동을 걸며 마음을 가다듬으리라는 것을.

소주 한 병씩을 마시고 당구를 쳤습니다. 당구 치는 스타일이 제각각입니다. 요행을 바라고 치는 녀석, 잘 모인 공만 받아먹는 녀석, 없는 공도 어떻게든 만들어서 쳐내는 녀석. 당구가 공평하다면 순위는 나열의 역순으로 정해져야 하는데 꼭 그렇지는 않습니다. 자주 일어나는 요행 덕분에 이기는 경우가 있는가 하면 좋은 공만 받아먹고 이기는 경우도 있습니다. 한편 별의별 수를 다 써서 묘기의 극치를 부려도 승부에선 패하는 경우도 있습니다. 세상의 불공평을 한 다이에 압축한 듯한 이런 당구는 멀리해야 합니다.

하지만 가만 생각해 보면 흰 공이 가만히 있는데 다가와서 맞아 주는 빨간 공은 없습니다. 요행이든 실력이든 큐로 하얀 공을 쳐야 빨간 공도 흰 공에 맞습니다.

"다 길이 있으니까 가는 거야."

당구 80의 도려낸 갑상선이 자주 하는 말입니다. 맞습니다. 보지 못한 길일지언정 길이 있으니까 그 길로 가는 겁니다. 우선 쳐야 합니다. 요행은 그다음입니다. 의도치 않은 곳에서 열리는 경이로운 당구의 길이 때로 우리 삶에도 나타나

아프고 지친 인생에 위로가 되어 주면 좋겠습니다.

당구를 치고 나와서 가다 말았던 체육관으로 다시 갔습니다. 관장님도 없었고 관원도 없었습니다. 트레드밀을 타는 도중에 관장님이 들어와 "어서 오세요." 했습니다. 벌써 와 있는데 어서 오긴 뭘 어서 온담.

'잽잽 원투 레프트보디'로 미트를 쳤습니다. 잽잽 원투까지는 잘 쳤습니다. 문제는 레프트보디. 스트레이트를 친 후 보디를 치려고 허리를 돌려 주먹을 낸다고 냈는데 주먹이 미트 근처에 가지도 못했습니다. 관장님이 들고 있는 미트가 저만치 멀리 떨어져 있는 것이었습니다. 관장님이 가르쳐 준 걸 상기했습니다. 겨드랑이를 붙여라, 주먹은 올려 치지 말고 앞으로 뻗어라, 상체를 숙인 상태에서 그대로 허리를 돌리면서 쳐라. 하라는 대로 했는데 거리가 왜 안 맞을까요? 얼굴을 물음표로 바꾸고 관장님을 쳐다보았습니다. 관장님은 꿀 먹은 벙어리였습니다. 물음표를 얼굴로 바꾸고 물었습니다.

"팔을 더 뻗어야 하나요?"

"그럼요, 당연하죠."

참 질문 같지도 않은 질문입니다. 복부가 와서 맞아 주는 것도 아닌데 거울 앞에서 하던 데로만 하려고 했습니다. 당구에서는 간혹 키스가 나서 빨간 공이 하얀 공에 다가와 맞기도 하지만 복싱에서는 자발적으로 맞아 주는 타깃은 없는

데 말입니다.

2016년 1월 27일 수요일

08

펀치엔 나이가 없다 1

    몸을 풀고 러닝을 하는데 검은 후드티에 모자를 뒤집어쓴 청년이 등장했습니다. 후드티는 최강의 복서 패션입니다. 모자를 뒤집어쓰면 이마와 눈을 가린 그림자로부터 인생의 시궁창에서 간신히 빠져나온 사람의 고독, 오기, 분노 같은 것을 느낄 수 있습니다. 관장님은 후드티와 이런저런 이야기를 주고받다가 오늘 한판 붙으라고 합니다.

    "누구하고요?"

    "저기 저 분하고."

    청년의 후드티 아우라에 위축되어 눈을 맞추지는 못했지만 마우스피스도 있겠다 한번 해보자는 마음으로 승낙했습니다.

청년이 몸을 풀 때까지 자세 연습을 했습니다. 너무 긴장해서 그런지 펀치를 제대로 칠 수가 없었습니다. 허벅지도 점점 느슨하게 풀려 갔습니다. 아무래도 된통 맞을 것 같았습니다. 가볍게 콩콩 뛰면서 팔을 돌리고 허벅지를 때려 가며 치아가 다치지 않게 이를 꽉 물고 뛰어야겠다고 다짐했습니다.

청년이 몸을 다 풀었습니다. 탈의실에 들어가서 로커에 보관한 마우스피스를 꺼내 물고 나와 관장님이 씌워 주는 헤드기어를 착용하고 링에 올랐습니다. 링에 오르고 보니 저번에 두 차례 맞붙었던 사슴 청년이었습니다.

"원투하고 레프트보디까지 한번 해보세요. 자, 바로 시작."

스텝이 원활하지 않았습니다. 소강 상태였습니다. 30초 정도 서로를 탐색하며 가볍게 잽을 던지던 중에 종료 공이 울렸습니다. 시간이 얼마 남지 않은 라운드였습니다.

"두 사람 다 너무 정적이에요. 스텝도 넣고 돌면서 하세요."

"저번에 돌아 보니까 어지럽더라고요."

관장님이 싱긋 웃는 사이에 시작 공이 울렸습니다. 청년이 왼쪽으로 돌면서 거리를 보았습니다. 나는 현기증을 방지하기 위해 같은 방향으로 돌지 않고 청년이 돌아 나오는 곳으로 바로 들어가서 잽과 스트레이트를 던졌습니다. 가드에 막혔습니다. 순간 배로 청년의 레프트가 들어왔습니다.

'아차! 레프트보디까지 허용된 스파링이었지.'

맞는 순간에는 통증이 없었는데 서서히 그 충격이 송곳처럼 명치를 파고들었습니다.

'이거 잘못 맞으면 골로 가겠구나.'

동시에 몸이 흥분하기 시작했습니다.

'그렇지, 레프트보디까지 허용된 스파링이었지.'

머리로 순간적인 전략이 스쳤습니다.

'안면을 가린 가드를 꼭 뚫을 필요는 없다. 원투로 가드를 안면에 묶은 뒤에 보디를 치자.'

생각과 행동이 동시에 진행되었습니다. 가드 위에 원투를 넣고 바로 레프트보디를 쳤습니다. 그게 청년의 머리를 복잡하게 만든 것 같았습니다. 이번에는 안면만 공격하기로 마음먹고 연타를 쳤습니다. 첫 번째와 두 번째 펀치는 가드에 막혔으나 보디가 뒤따를 것으로 예상한 청년이 가드를 내려서 세 번째와 네 번째 펀치는 이마를 맞췄습니다. 이어서 라이트 단발을 한 방 더 맞췄습니다. 청년이 뒤로 물러났습니다. 청년이 호흡을 가다듬을 수 있도록 잠시 공격을 멈춘 뒤에 다시 접근했습니다. 이번에는 원투에 이어 레프트보디까지 넣었습니다. 직전에 안면 연타를 맞은 청년이 이번에는 가드로 안면을 지키느라 복부를 무방비로 비워 두었습니다. "퍽" 펀치가 들어간 복부에서 둔탁한 소리가 들렸습니다. 주먹이 파고 들어간 청년의 배 감촉이 지금도 느껴질 정도로 제법 그럴싸한 펀치였습니다. 청년은 허리를 숙이고 등을 돌린 채 뒤로 물러섰습니다. 정식 경기였으면 스탠딩다운이 선언되었을 겁니다. 청년이 회복되기를 기다려 다시 다가갔습니다. 청년은 공격할 엄두를 내지 못하고 방어만 했습니다. 1라운드가 끝났습니다. 지켜보던 관장님이 청년에게 말했습니다.

"야, 자꾸 뒤로 물러서니까 계속 맞는 거 아냐?

"힘에서 너무 밀려요."

"야, 힘은 밀릴지 몰라도 네 나이 저분 반도 안 되는데 그러면 되냐?"

두 번째 라운드의 공이 울렸습니다. 별일입니다. 주먹이 쉬질 않았습니다. 쳐도 되는 펀치는 다 친 것 같습니다. 청년은 가드를 올리고 허리를 숙였습니다. 청년을 코너에 몰아넣고 가드에 막히든 말든 복부에 네 방 연속 레프트보디를 넣었습니다. 청년이 코너를 빠져나가자 쫓아가며 잽을 넣었습니다. 청년이 다시 고개를 숙였습니다. 순간 배우지도 않은 어퍼컷을 날리고 말았습니다. 아차, 오른손을 들어 미안함을 표했습니다. 청년에게 잠시 시간을 준 뒤 공격을 받아 주었습니다. 이상하게도 청년의 주먹이 눈에 훤히 보였습니다. 잽이 맞지 않으니 라이트는 던지지를 못했습니다. 펀치의 속도와 몸의 반응 속도를 계산하면 과학적으로는 펀치를 보고 피할 수가

없다고 합니다. 순간적으로 예측을 하고 피하는 거랍니다. 그
동안 내 몸에 무슨 일이 일어난 것인가요. 관장님은 내가 공
격을 받아 주고 있다는 걸 눈치챘는지 청년의 공격이 한풀
꺾이자 "자, 이제 다시 공격" 하고 추임새를 넣어 주었습니
다. 안면과 복부를 오르내리며 정신없이 공격했습니다. 사람
을 이렇게까지 일방적으로 밀어붙인 적이 없습니다. 너무 흥
분했습니다. 공이 울렸습니다. 공격하다가 지쳐 버렸습니다.
로프에 기대어 숨을 몰아쉬고 있는데 관장님이 한 라운드 더
하겠냐고 물었습니다. 나는 손사래를 쳤는데 청년은 한 라운
드 더 하고 싶답니다. 아이고, 이 친구야! 나는 더 이상 싸울
힘이 없네! 하지만 돈 땄으니 판 접자고 할 수는 없는 일.

　3라운드 공이 울렸습니다. 공격은 하지 않고 방어만 했습
니다. 2라운드 막바지에 너무 몰아쳐서 호흡을 유지할 수 없
었고 또 공격을 더 하는 게 영 내키지 않았습니다. 그러다가
라이트 스트레이트를 정통으로 맞고 말았습니다. 순간 앞이
캄캄해졌습니다. 하지만 청년은 계속 밀어붙이지를 못했습
니다. 그랬다면 나도 꽤 많은 펀치를 맞았을 겁니다. 서 있기
가 힘들어 로프에 기대어 숨을 골랐습니다. 다가설 힘이 없
어 청년이 다가와 주기를 바랐는데 청년도 로프에 널려 있었
습니다. 두 사람 다 호흡을 되찾지 못하자 관장님이 스파링
을 중단시켰습니다. 둘 다 링 바닥에 주저앉고 말았습니다.

청년이 먼저 호흡을 고르고 링에서 내려가 글러브와 헤드기어를 벗었습니다. 관장님이 청년에게 반성하랍니다. 청년은 도대체 뭐가 문제인지 모르겠답니다.

"네가 열심히 안 나와서 그런 거야."

"정말 그것뿐인가요?"

"그럼. 일주일에 네다섯 번은 나와서 훈련해야지. 너 친구들하고 할 때는 이것보다 훨씬 잘했는데 오늘은 처음부터 쫄아서 아무것도 못 했잖아? 다음 주에 훅까지 가르쳐 줄테니까 저분하고 한 번 더 해. (내게 고개를 돌리고) 다음 주에 시간 맞으면 이 친구하고 한 번 더 하시죠. 오늘은 잘하셨어요."

스파링 결과를 정리하면, 2라운드까지 스탠딩다운 비슷한 걸 두 번 빼앗았으니 전반적으로는 내가 우세했지만, 3라운드에서는 체력이 떨어져 로프에 기대 청년이 다가와 주기를 기다렸으니 기권과 다름없으므로 판정에서는 청년이 이겼습니다. 그러니 무승부. 문제는 내 펀치가 주로 상대방의 보호장구 위로 날아가 맞는다는 사실. 마음이 약해 탄착군이 그렇게 형성된 것 같습니다. 그리고 세게 때리지 못한다는 사실. 고치지 않으면 나만 세게 얻어맞게 될 겁니다.

마우스피스를 물긴 했지만 정타를 맞은 왼쪽 뺨 안쪽에 흠집이 생겼습니다. 혀로 살살 달래면서 샌드백을 쳤습니다. 청년도 내 옆에서 샌드백을 쳤습니다. 둘 사이에 어색한 시간이 흘렀습니다.

　귀갓길 건널목에서 신호를 기다리며 오늘 내가 무슨 일을 한 건가, 왜 그렇게 흥분해서 공격을 했을까, 따져 보았습니다. 흥분 때문이 아니라 긴장 때문에 그렇게 한 것 같습니다. 후드티에 겁먹고 잔뜩 긴장한 탓에 집중력이 높아져서 펀치가 잘 보이고 몸도 민첩하게 움직인 것 같습니다. 오늘은 내가 좀 더 집중했나 봅니다. 풀 죽은 청년의 얼굴이 떠오릅니다. 나도 곧 청년처럼 수세에 몰릴 날이 올 겁니다. 그때 나는 어떤 마음이 들까요. 그 마음을 곧 알게 될 겁니다.

2016년 1월 29일 금요일

245

09

펀치엔 나이가 없다 2

설 연휴를 끼고 9일을 쉬었습니다. 오늘은 만으로 마흔한 번째 생일입니다. 재등록 시기가 다가와 야심차게 다시 시작해 보고자 3개월분 수강료를 지갑에 넣고 체육관에 갔습니다. 오랜만에 보는 얼굴이라 반가운지 관장님이 환하게 웃으며 맞아 주었습니다.

며칠 전 폭음으로 블랙아웃을 겪어 몸이 제대로 움직이지 않았습니다. 워킹과 러닝을 섞어서 2.7킬로미터를 뛰었는데 땀을 흘려도 몸이 뜨거워지지 않고 얼음물에 닿은 것처럼 으스스했습니다. 손톱만큼도 쾌적하지 않은 기분으로 러닝을 마쳤습니다. 나는 이제 술을 끊어야 하나 봅니다.

"오랜만에 나오셔서 힘드시죠?"

"어휴, 그냥 죽겠네요."

"이번 주는 가볍게 몸 푸시고 다음 주부터 정상적으로 훈련하시죠?"

"예, 그럴게요."

거울 앞에서는 스포츠머리를 한 다부진 20대 초반 청년이 자세 연습을 하고 있었습니다. 관장님이 그와 몇 마디 이야기를 주고받더니 별안간 내게 스파링을 권했습니다.

'이번 주는 쉬엄쉬엄 몸 풀라더니 무슨 스파링인가?'
하면서 겉으로는 태연을 부렸습니다.

"오늘 좀 힘들기는 한데…… 어느 정도로 하면 되죠?"

"원투만 사용해서 한 라운드만 하시죠."

알았다 하고 로커에 넣어 둔 마우스피스를 꺼내 물었습니다. 이미 헤드기어에 마우스피스까지 착용한 스포츠머리 청년이 내게 부탁했습니다.

"제가 지금 치아 교정을 하고 있어서요. 살살 해주세요."

듣던 중 반가운 소리였습니다. 나도 세게 할 마음이 없었으니까요. 근데 스스로 헤드기어를 쓰고 글러브를 끼고 스스로 링에 오르는 모습이 뭔가 석연치 않았습니다. 게다가 썼던 헤드기어를 갑자기 도로 벗는 것이었습니다. 관장님이 다시 쓰라고 하지 않았으면 청년은 그대로 스파링에 임했을 겁니다.

"야, 헤드기어 써. 너 머리가 단단해서 저분 주먹 다칠 수 있어."

그러고는 내게

"이 친구 머리가 단단해서 머리 때리시면 손 다쳐요."

내가 마음이 물러 상대방 안면을 치지 못하고 이마만 때리는 걸 간파한 게 분명합니다. 그러나 저러나, 이거 뭔가 이상한데……. 아니나 다를까, 공이 울리자마자 스포츠머리가 3초 정도 탐색을 하더니 갑자기 용수철처럼 튀어 오르며 공격을 해오는 것이었습니다.

'이 자식 뭐야, 살살 해달라더니.'

깜짝 놀라 가드를 올리고 뒤로 물러섰습니다. 여기저기서 전구가 반짝거렸습니다. 이거 오늘 임자 만났구나 싶었습니다. 바짝 긴장하고 반격을 준비했습니다. 그런데 스포츠머리의 머리가 잠시도 가만히 있지 않고 이리저리 요리조리 흔들리는 것이었습니다. 공격을 들어올 때도 위빙을 하며 들어와서 펀치가 어디서 날아오는지 전혀 보이지 않았습니다. 순간적으로 '파바박' 공격이 들어오니까 반사적으로 눈을 감게 되었습니다. 그게 너무 창피했습니다. 계속 머리를 움직이면서 접근하는 모습이 마치 공작새가 적을 위협하기 위해 깃을 친 것처럼 현란했습니다. 나도 반격을 해야겠다 싶어 공격할 틈을 찾았지만 머리가 가만있지를 않아 잽을 던질 타이밍을 잡을 수가 없었습니다. 가까스로 잽과 스트레이트를 날리고 청년이 여기에 반격을 하고 반격을 한 청년이 가드를 떨어트린 틈을 타 스트레이트 몇 방을 친 게 기억납니다. 안 때리면 맞는다는 공포심과 황당함 섞인 분노 때문에 두 방은 무척 세게 때렸던 것 같습니다. 그러나 감정을 다스리지 못해 끊어치지 못하고 밀어 쳤습니다. 그게 또 너무 창피했습니다. 한편 청년이 들어올 때 물러서지 않고 같이 헛손질이라도 하면서 전진하니까 청년의 기세가 한풀 꺾이기도 했습니다. 그때 틈이 나서 라이트 몇 방을 더 쳤던 것 같기도 합니다. 관장님이 청년에게 가드 올리라고 소리 친 게 기억납니다. 하지만 그 말을 듣고도 전혀 신이 나지 않았습니다. 맞을까 봐 무서워서 허둥대며 치는 꼴사나운 주먹이라니. 역시 체육관은 좁지만 고수는 널렸습니다. 청년의 역동적인 움직임에 맞서 링 위에 서 있는 게 너무 힘들어 빨리 공이 울리길 바랐습니다. 무슨 3분이 이렇게 긴 건지……. 마침내 '땡'.

공이 울리자 청년이 꾸벅 인사를 하고 잽싸게 링을 내려갔습니다. 날다람쥐 같으니라고. 하도 어이가 없어 "하, 하, 하, 살살 하자더니……" 하자 청년이 다가와 "살살 했는데…… 저도 많이 맞았는데……" 하는 겁니다. 관장님은 내가 화가 난 줄 알고 굳은 표정으로 그 정도면 살살 한 거라며 청년 편을 들었습니다. 분위기가 갑자기 굳어 "아, 이 친구 이리저리 흔들면서 잘 치고 들어오네요." 하고 웃으며 무거워진 분위기를 띄웠습니다.

궁금해서 청년에게 운동한 지 얼마나 되었느냐 물었더니 2년 운동하고 1년 쉬었다가 다시 나왔답니다. 관장님이 끼어들었습니다.

"이 친구는 대회까지 한 번 나갔던 친구예요. 조금만 더 열심히 했으면 1회전은 통과할 수 있었는데……"

운동 경력 2년에 대회까지 참가한 경험이 있는 사람을 운동 경력 겨우 4개월 된 나하고 붙였단 말인가요!

관장님은 나와 청년에게 같은 샌드백을 함께 치게 했습니다. 연휴 증후군과 음주 증후군과 청년의 기세에 놀란 마음 때문에 몸에 기운이 하나도 없었습니다. 샌드백을 다 치고 청년에게 물었습니다.

"나이가 어떻게 되세요?"

"올해 고2 올라가요."

뭐, 뭐, 뭐라고? 네, 네놈이 겨우 고2라고? 이런 제기랄, 내가 무슨 조지 포먼인가요? 마흔 넘어서 그것도 생일날, 스물다섯 살이나 어린 학생하고 스파링하다가 얻어터지다니. 포먼은 은퇴한 뒤 성직자 생활을 하다가 마흔이 넘어서 링에 복귀했습니다, 그래도 포먼은 많이 이기기나 했지요. 내 눈엔 한 스물둘은 되어 보였는데 너무한다, 너무해.

샤워를 하고 나와서 관장님에게 말했습니다.

"오늘 하마터면 고등학생한테 맞아 죽을 뻔했네요."

"하하하, 오랜만에 오셔서 그렇죠. 다음에 그 친구 만나면 복수 한번 하세요."

복수라고요? 고2면 가장 혈기 왕성할 때고, 운동 경력 2년에 대회 참가 경험까지 있는데요?

"어휴, 그 친구 엄청 빠르던데요? 상체를 흔들면서 들어오니까 주먹이 어디서 날아오는지 하나도 안 보여요."

"아니에요. 원래 엄청 느린 놈인데 처음 만난 상대라 생소해서 빨라 보이시는 거예요."

관장님이 그렇게 얘기하니까 그런 것 같기도 하고…… 생각해 보면 기세에 눌렸을 뿐 큰 펀치를 많이 맞지는 않은 것 같기도 하고…… 관장님이 나를 속이는 것 같기도 하고…… 아리송했습니다. 그래도 좀 비슷한 사람끼리 붙여 주지 않고선.

아, 살벌합니다. 놀란 가슴이 진정이 안 됩니다. 펀치엔 나이가 없다지만 그래도 정말 너무한 거죠, 고2는.

2016년 2월 15일 월요일

라운드 6

로커에 남은
이름

샌드백과 마지막 춤을 추었다.
왈츠, 왈츠, 마이너 왈츠.
마이너 왈츠 속에는 우울한 사람들이 있다.
그들은 이 율동의 순간이 다시 오지 않을 시간의 끝이라도 되는 듯.
서로를 처절하게 부둥켜안고 입을 맞춘다.
다시 못 볼 사람들을 위해 샌드백을 향해 날아가는 주먹의 키스,
키스의 운율. 왈츠, 왈츠, 마이너 왈츠.

01

두뇌는 장식용이 아니지만

준비 운동을 하는 도중 오른쪽 어깨에 통증을 느꼈습니다. 그제 밤부터 오른쪽 주먹, 팔꿈치, 어깨가 모두 이상했습니다. 특히 어깨 근육이 꼬이는 듯한 느낌이 자주 옵니다. 운동을 멈추고 앉아서 쉬는데 관장님이 자세 연습을 하는 남자에게 살이 많이 빠졌냐고 물었습니다. 전에 내 얼굴에 잽을 소속시켰던 남자였습니다.

"살이 좀처럼 안 빠지네요."

"우리는 북방 민족이라서 찔 때는 쉽게 찌는데 뺄 때는 잘 안 빠져요."

북방 민족에게 그런 특성이 있었나요? 처음 들어 보는 말입니다.

"아무래도 술 때문인 것 같아요."

"술 드시면 절대 살 못 빼세요. 1주일에 두 번 마시면 못 빼고 한 번 마시면 현상 유지, 2주일에 한 번 마시면 조금 뺄 수 있어요."

"회사 나가면 1주일에 네 번 마시니……."

"그래도 술 담배 모두 하시는 분치곤 체력이 좋으세요."

부러웠습니다. 1주일에 네 번이나 함께 술 마실 사람이 회사에 있다니. 마음이 통하는 사람하고 업무에 관해 이야기 나누며 한잔하는 것도 재미는 재미입니다. 그럴 사람이 있었다면 내 회사 생활이 좀 더 길어졌을지도 모르겠습니다. 내 경우엔 야근보다 외로움이 더 견디기 힘들더군요.

훈련을 마친 남자가 내일은 아들 졸업식이라 늦게 나올 것 같다 말하고 퇴장했습니다.

2월입니다. 2월은 졸업식이 열리는 달입니다. 졸업식. 한 과정을 마쳤음을 기념하는 행사. 다음 과정이 예정된 사람에겐 더없이 행복한 행사, 갈 곳 없는 사람에겐 지독하게 우울한 행사. 나는 주로 후자였습니다. 고등학교를 졸업할 때도 그랬고, 첫 번째 대학을 졸업할 때도, 두 번째 대학을 졸업할 때도 그랬습니다. 갈 곳이 없었습니다. 지금의 나는 어떤가요. 그때와 별반 다르지 않은 2월을 보내고 있습니다. 무엇을 위해 운동을 하고 있는지.

뭔가를 하기 위해 하던 것을 그만두고 나면 정작 하고자 했던 게 무엇인지 잊어버리는 경우가 있습니다. 지금의 나는? 나는 내 두뇌를 어디에 사용하고 있는 건가요.

샌드백을 치면서 지난번 고2와의 스파링에서 왜 그렇게 위축되었을까 생각했습니다. 결론은 한 가지. 지금까지 배운 걸 전혀 써먹지 않았기 때문이었습니다. 스텝, 회피 기술, 펀치 기술 들을 적절히 활용하지 않고, 거리 싸움을 전혀 하지 않고, 딱 버티고 서서 어떻게든 한번 때려 보려고 어떻게든 한번 피해 보려고 기회만 노렸던 겁니다.

복싱도 머리를 잘 써야 하나 봅니다. 머리가 나쁘면 몸이 고생하는 법. 그래서 지난 대결에서 그렇게 얻어터졌나 봅니다. 두뇌를 사용하자. 두뇌를! 그러나…… 무엇을 위해서……

2016년 2월 17일 수요일

02

슬럼프의 시작

　손에 붕대를 감은 관장님이 복싱화까지 신고 분주하게 대회에 나갈 관원들을 훈련시키고 있었습니다. 스포츠머리 고2는 윗몸일으키기를 하는 기구에 매달려 다리로 복근을 단련하는 가위차기를 했고, 여자 선수 둘은 스파링을 했습니다. 한 선수에겐 잽만, 다른 선수에겐 모든 펀치가 허용되었습니다. 잽만 사용하는 선수가 대회에 나갈 선수입니다. 여자들끼리 치고받는 건 처음 보았습니다. 대회에 나갈 선수가 한 발씩 던지는 잽이 상당히 날카로웠습니다.

　잠시 후 사슴 청년이 등장했습니다. 부산 여행을 다녀왔다고 합니다.

　"너 이 누나하고 눈연습 한번 할래?"

관장님이 묻자 사슴 청년은 자신 없는 목소리로 답했습니다.

"제가 훈련하시는 데 도움이 되면 할게요."

청년은 어쩐지 시무룩했습니다. 맞는 게 두려운 걸까요? 그렇습니다. 맞는 건 두렵습니다.

"그럼 공격만 해볼래?"

청년은 공격만 하고 여자 선수는 방어만 했습니다. 여자 선수는 위빙을 사용하며 청년의 펀치를 잘 피해 다녔습니다. 던지는 펀치마다 허공을 가르는 청년의 표정이 몹시 슬퍼 보였습니다.

관원 두 명이 더 들어왔습니다. 둘 다 대회에 나가는 선수들이었습니다. 한 명은 배가 볼록한 헤비급, 한 명은 미들급 정도 되어 보였는데 군살 하나 없는 몸매가 미끈했습니다. 관장님은 선수들을 한 명씩 데스크로 불러 대회에서 상대할 선수들의 동영상을 보여 주면서 전략을 짰습니다.

"이 사람은 붕붕 훅을 치면서 들어오는 스타일이야. 스피드는 네가 더 빠르니까 훅 치면서 들어올 때 빠르게 반격하면 승산이 있어. 잘 봐, 주저앉았다가 훅 던지는 거 보이지?"

"이 사람은 막싸움하듯이 치고받는 스타일이야. 테크닉은 별론데 힘이 너보다 더 좋아. 지저분하게 밀고 들어온다고 밀리지 말고 붙어 있을 때 계속 펀치를 날려야 해."

전략 수립을 마치고 관장님이 두 청년을 링 위로 올려 맞춤 스파링을 시켰습니다. 미들급 선수를 위한 스파링에서는 헤비급 선수가 동영상에서 본 미들급 선수의 상대방 역할, 헤비급 선수를 위한 스파링에서는 미들급 선수가 헤비급 선수의 상대방 역할. 미들급 선수는 테크닉이 엄청나게 좋았습니다. 내 눈에는 당장 프로에 데뷔를 해도 될 것처럼 보였습니다. 연습인데도 엄청나게 빠르고 강한 펀치를 날렸습니다. 밖에서 봐도 펀치가 안 보일 정도이니 링 위의 상대방은 거의 속수무책일 것입니다. 잽인지 스트레이트인지 모를 펀치가 번개 같은 속도로 헤비급 선수의 안면에 꽂혔습니다. 관장님이 깜짝 놀라 소리쳤습니다.

"얌마, 좀 살살 쳐. 대회 나가기 전에 사람 잡겠다. 너 괜찮아?"

헤비급 선수는 충격을 심하게 받았는지 눈을 찡긋찡긋 감았다 뜨며 머리를 흔들었습니다.

"괜찮아요."

"너, 헤드기어 저걸로 바꿔 쓸래?"

관장님이 코까지 가려 주는 헤드기어를 가리키며 물었습니다. 잠시 멈칫하던 그가 헤드기어를 바꾸어 썼습니다. 미들급 선수가 미안하다고 사과했습니다. 그리고 스파링이 계속되었습니다.

공이 울리자 관장님이 고개를 돌려 나를 빤히 쳐다보았습니다. 자기가 훈련시킨 선수들이 멋지지 않느냐고 묻는 것 같았습니다.

"엄청 잘하네요."

"그럼요."

뭘 그렇게 당연한 말을 하느냐는 듯 차갑고 빠르게 답했습니다. 그리고 다시 링 쪽으로 고개를 획 돌렸습니다. 순간 마음이 상했습니다. 관장님의 말과 몸짓이 세상과 나를 차단하는 파티션 같았습니다. 두 사람은 계속 있는 힘을 다해 치고 받았습니다. 로프를 이용해 몸싸움을 벌이기도 했습니다. 헤비급 선수가 더 빨리 지쳤습니다. 클린치 상태에서 쉬지 말고 계속 작은 펀치를 뻗으라고 관장님이 말했는데도 손을 내밀지 못했습니다. 미들급 선수는 아랑곳하지 않고 펀치를 날렸습니다. 그에게서도 관장님한테 받았던 싸늘함을 느꼈습니다. 그는 단련되었습니다. 그리고 복싱에 기계화되었습니다. 기계화된 것들은 망설임이 없습니다. 생각하지 않습니다. 터미네이터처럼 행동할 뿐입니다. 재고의 순간이 없는 행동은 기계화되지 않은 것들을 소외시킵니다. 관장님이 소리쳤습니다.

"서로 죽일 듯이 싸워 봐."

죽일 듯이. 죽일 듯이. 죽일 듯이. 죽일 듯이.

귀에서는 조금씩 사라지는 소리가 마음속에서는 점점 크

게 들려왔습니다. 게다가 이게 웬 에코란 말입니까. 내가 이 곳에 왜 들어와 있을까요. 왜 이 시간에 와서 죽음의 사주와 난투극을 바라보고 있을까요. 왜 복싱을 배우려고 했을까요. 회의가 들었습니다. 고개를 숙이고 말없이 체육관을 빠져나 왔습니다.

2016년 2월 22일 월요일

261

03

허무한 자학의 힘

극심한 무기력에 시달렸습니다. 침대에서 단 한 발짝도 나오고 싶지 않았습니다. 아내가 잠시 나간다는 말을 남기고 외출했습니다. 아내가 돌아올 때까지 꼼짝도 하지 않았습니다. 돌아온 아내의 인기척을 느낄 때까지 반수면 상태에 빠져 있었습니다. 최근 아침이 오는 것이 두렵습니다. 어깨 부상과 체육관에서 파티션에 부딪힌 충격의 여파입니다. 갈 곳이 없는 빈 방에서 자란 해골이 또 아파 옵니다. 이대로 아픔을 방치할 순 없습니다. 움직이지 않으면 더 아픕니다. 움직이자. 움직이자.

러닝을 마치고 휴식 없이 바로 팔벌려높이뛰기를 했습니다. 어깨가 아팠지만 마음이 괴로워 내 몸을 학대하고 싶었습니다.

'멈추지 말고 움직여. 죽을 듯이, 죽을 듯이, 죽을 듯이, 죽을 듯이'

자학의 힘은 위대합니다. 한 번에 3백 개를 해냈습니다. 그리고 붕대를 감고 자세 연습을 시작했습니다. 끝나자마자 바로 미트를 쳤습니다. 오늘은 셔츠의 목 부분을 입에 물고 쳤습니다.

"아니, 아니. 셔츠를 꽉 무는 연습을 하는 게 아니고 턱을 바짝 당기는 연습을 하는 거예요."

그동안 턱이 자주 들렸었나 봅니다. 셔츠를 물고 치니까 숨을 쉬는 게 훨씬 불편했습니다. 눈으로 흘러드는 땀에, 코에서 흐르는 콧물에, 셔츠 물고 침 질질 흘리는 입까지 아주 그냥 가관이었을 겁니다. 시작 공이 울린 직후에 치기 시작했는데 숨이 가빠 도저히 더는 못 칠 상태가 되어 동작을 멈추자 뒤이어 종료 공이 울렸습니다. 2분 59초 동안 펀치를 뻗은 것입니다. 끝까지 멈추고 싶지 않았는데 딱 한 방, 마지막 딱 한 방이 모자랐습니다. 그 한 방이 부족해서 시간의 카운터블로우를 맞고 말았습니다. 계속 주먹을 뻗은 건 나였는데 시간과의 대결에서 링 바닥에 쓰러진 것도 나였습니다. 두 손을 들고 환호하는 시간의 얼굴이 두렵습니다.

귀갓길에 내부 수리 관계로 휴업 중인 아름다운 가게 앞을 지났습니다. 나도 연약한 나의 내부를 수리하고 싶습니다. 사람의 내부를 수리하는 것보다 더 어려운 공사는 없겠죠. 나는 지금 가장 힘든 공사장에서 작업 방향을 잃은 무기력한 인부입니다.

집에 돌아와 체중을 쟀습니다. 84킬로. 십여 년 전 85킬로를 넘긴 이후로 체중이 그 밑으로 내려온 건 처음입니다. 공복 운동의 효과입니다. 자학의 힘은 위대합니다. 하지만 그 끝은 허무합니다. 줄어든 건 체중이 아니라 나의 존재감 같았습니다.

2016년 3월 2일 수요일

04

지속되는 슬럼프

3일 만에 기온이 20도가 넘게 상승했습니다. 그제는 영하 5도를 밑도는 엄동, 오늘은 영상 20도에 육박하는 초여름. 이런 미친 날이 없습니다. 중간이 없는 이중인격자입니다. 게다가 해가 바뀐 뒤엔 시베리아보다 더 추웠던 날도 있었습니다. 날씨가 엉망진창입니다.

한 청년이 관장님의 지도에 따라 샌드백 치는 모습을 지켜보았습니다. 청년은 팔다리가 길쭉길쭉하고 상체가 짧은 체형이었습니다. 80년대 중량급의 4대 강자 중 한 명인 디트로이트 코브라 토마스 헌즈를 연상시켰습니다. 팔다리가 무척 날랬습니다.

"오늘 이 친구랑 한 라운드 하실래요?"

조금의 망설임도 없이 대답했습니다.

"오늘 몸이 안 좋아서 안 되겠어요."

그러자 뒤늦게 들어온 다른 학생들에게 같은 질문을 했습니다. 모두 안 되겠다고 합니다. 상대를 못 구한 청년이 혼자 중얼거렸습니다.

"세게 치는 것도 아닌데 좀 해주지……"

관장님이 다시 내게 다가와 물었습니다.

"많이 안 좋으세요?"

"오른쪽 팔을 뻗으면 어깨가 아파요."

요즘 몸을 사리고 있습니다. 뛰지 못할 정도로 어깨가 아픈 건 아니지만 얼굴에 펀치를 허용하면 충격이 오래갑니다. 두뇌에 분명히 안 좋은 영향을 줄 겁니다. 그리고 살살 한다고 해도 막상 공이 울리고 한두 대 맞기 시작하면 내가 더 거세게 달려들 게 뻔합니다. 절대로 살살 할 수가 없습니다. 맞아도 침착하게 페이스를 유지해야 하는데 아직 멀었습니다. 파이팅도 줄었습니다. 마음이 위축되었습니다. 뭔가를 두려워하고 있습니다. 길이가 길고 속도가 빠른 청년의 펀치를 본 순간 토마스 헌즈가 속사포 같은 펀치로 돌주먹 로베르토 두란을 실신시키는 장면도 떠올랐습니다. 함께 치고받을 엄두가 나지 않았습니다.

스파링 대신 샌드백을 치고 있을 때 관장님이 다가왔습니다.

"지금 치신 건 보디블로우가 아니라 고추블로우네요. 그 정도 신장이면 이 정도 높이는 쳐주셔야죠."

기운도 없습니다.

미트를 칠 땐 숨이 차서 동작을 멈췄더니 또 직후에 라운드 종료 공이 울렸습니다. 또 마지막 한 방이 부족했습니다. 심각하다면 심각할 수 있는 병입니다. 짜증이 났습니다. 매사가 이렇다면 나는 제대로 하고 있는 일이 하나도 없는 겁니다.

어깨 통증 때문일까요? 몸에 불편한 곳이 생겨서 그런 것일까요? 생활의 초점이 흔들리고 훈련도 재미가 없습니다. 자연스레 주당 운동 횟수가 줄었습니다. 지난주에 이어 이번 주에도 이틀밖에 운동하지 않았습니다. 훈련 기록도 띄엄띄엄해집니다. 언제부터인가 운동을 하고 나면 청량함 대신 허무함을 느끼고 있습니다. 도대체 왜 이럴까요.

2016년 3월 10일 목요일

05

나의 애드리안

도대체 왜 이럴까 주말 내내 생각했습니다. 생활의 중심으로 파고 들어가지 못하고 왜 겉돌고만 있는 걸까요. 이 참혹한 패배감은 어디에서 오는 걸까요. ……… 두려움 때문이라는 결론을 내렸습니다. 낯설고 강한 것들에게 느끼는 두려움. 시작은 고2와의 스파링이었습니다. 생전 처음 보는 녀석의 주먹에 넋을 잃었습니다. 지금까지 누군가의 주먹을 그렇게 맞아 본 적이 없었습니다. 때린 건 하나도 기억이 나지 않고 맞은 것만 기억이 납니다. 그것도 날아오는 주먹이 두려워 눈을 감고 맞았습니다. 두려움과 부끄러움이 범벅이 되었고 그 뒤로 자신감이 크게 떨어져 있었는데, 며칠 전 대회 나갈 사람들의 숙련된 훈련 모습을 보고 나는 내세울 것이 없는 하찮은 사람에 불과하다는 열패감마저 느껴 버리고 말았습니다. 문제는 이것이 링 위에서의 감정에 그치지 않고 링 아래로 체육관 밖으로 내가 살아가고 있는 삶의 영역으로 침투해 버린 것이었습니다.

나는 어떻게 될까. 숨어 있는 고수가 즐비한 이 세상에서 그나마 가지고 있던 명함 한 장마저 버리고 자생력을 가진 사람으로서 살아갈 수 있을까. 내가 하는 모든 것이 상대방 없이 허공에 주먹을 뻗는 섀도복싱에 불과한 것 아닐까. 인생에 연습은 없는데 나는 연습만 하는 풋내기가 아닐까.

주말 내내 이런 생각을 했습니다. 오늘은 월요일. 토요일 아침에 씻고 나서 몸에 물 한 방울 칠하지 않아 기름이 줄줄 흘렀습니다. 이쯤 되면 답답한 마음에 화를 낼 법도 한데 아내가 오히려 웃으면서 농담을 하는 것이었습니다.

"주말 내내 방구만 뿡뿡 끼고 기름 줄줄 흘리고, 혹시 사는 주소가 '방구면 오일리'야?"

방구면 오일리. 재미있는 주소입니다. 내가 이사 온 주소가 미안해 오일리하게 체육관으로 미끄러졌습니다. 창에 복사된 봄볕 때문에 체육관이 환했습니다. 옷을 갈아입고 슬슬 몸을 풀었습니다.

'그냥 살아 보자. 슬럼프는 자기의 기량을 펼치지 못하는 상태 아니던가. 나는 펼칠 기량이 없다. 이건 슬럼프가 아니다.'

그래요. 맞습니다. 나는 이 체육관에서 풋내기가 맞습니다. 풋내기는 풋내기로 살면 됩니다. 숲에 거목만 있는 것은 아닙니다. 거목이 처음부터 거목이었던 것도 아닙니다. 거목이 되기 위해 거목이 된 것도 아닙니다. 세계에 목적은 없습니다. 그냥 흘러온 겁니다. 집중, 집중. 이 현재의 순간에 집중. 내가 앞으로 어떻게 살 것인지보다 내가 지금 어떻게 살고 있는지가 중요합니다. 이 현재의 순간에 집중, 집중.

나는 사람입니다. 사람이 두려움을 느끼는 건 부끄러운 일이 아닙니다. 정말로 부끄러운 건 두려움이 없는 듯 가장하는 것입니다. 나는 두렵습니다. 맞는 것이 두렵고, 패하는 것이 두렵습니다. 두려운 건 두려워하기로 합니다. 운동과 내 삶을 동일시하지 않기로 합니다. 나를 보호하기로 합니다.

새로운 콤비네이션을 배웠습니다. '원투-레프트훅-위빙-라이트훅-레프트보디-위빙-라이트보디-레프트훅'. 좌우로 상체를 크게 흔들면서 회전력을 이용해 훅과 보디를 치는 공격 기술. 상체를 쉼 없이 움직여야 했습니다. 시계추가 된 것 같았습니다. 펀치를 뻗는 시계추. 똑딱똑딱 시간에 뒤처진 시계추가, 똑딱똑딱 시간을 쫓아가다 시간의 카운터블로우를 맞고 쓰러진 시계추가, 똑딱똑딱 다시 일어나서 시간과 걸음을 맞춥니다.

운동을 마치고 체육관을 나서는 길에 관장님이 물었습니다.

"이번 주에 스파링 한번 하시죠?"

두려웠습니다. 두려워서 확답을 하지 않고 미소만 짓고 체육관을 나섰습니다. 계단을 내려오며 심호흡을 했습니다. 까짓것, 하는 거지 뭐. 두려우면 두려워하고, 하다가 너무 아프면 아프다 하고, 그래도 할 만하면 나도 칠 수 있는 펀치 치면 되는 거지 뭐.

머리가 좀 개운해졌습니다. 아내의 유머 덕분입니다. 영화 〈록키〉 시리즈가 떠올랐습니다. 3편에서 크루버 랭에게 타이틀을 빼앗기고 트레이너인 미키와 사별한 뒤 슬럼프에 빠진 록키는 자신을 돕기 위해 찾아온 아폴로 크리드와 함께 리벤지 매치를 준비하지만 패배의 공포 때문에 훈련에 집중하지 못합니다. 방황하던 록키는 아내 애드리안의 충고를 듣고 다시 운동을 할 의욕을 되찾습니다. 방구면에 살았던 오일리한 나의 주소가 교정되었습니다. 아내는 나의 애드리안입니다.

2016년 3월 21일 월요일

06

매일 이별하며 살고 있구나

개나리가 활짝 피었습니다. 개나리는 뭐니 뭐니 해도 초등학교 시절 등하굣길이었던 무악재 개나리가 최고였는데 버스 타고 다니면서 보면 예전 같지 않습니다. 계절은 다시 돌아오지만 돌아오지 않는 것이 있습니다. 시간입니다. 김광석의 노래 〈서른 즈음에〉의 가사가 떠오릅니다. 서른 살 무렵엔 "또 하루 멀어져간다. 내뿜은 담배 연기처럼"이라는 구절이 마음 아팠습니다. 화창한 적 없는 청춘이 하루하루 멀어져 가는 게 속절없이 원망스러웠나 봅니다. 지금은 "계절은 다시 돌아오지만 떠나간 내 사랑은 어디에. 내가 떠나보낸 것도 아닌데 내가 떠나온 것도 아닌데……"라는 구절이 시립니다. 보내지 않아도 가고 떠나오지 않아도 떠나오는 게 사람

272

사는 모양새인가 봅니다. "매일 이별하며 살고" 있나 봅니다.

도서관에 들른 아내와 봄볕을 쬐며 떠나기로 한 여행에 대해 상의했습니다. 5월 말에 여행을 떠날 겁니다. 러시아, 불가리아, 루마니아, 세르비아. 이름이 '아' 자로 끝나는 네 개 나라에 갈 겁니다. 아, 내가 떠나온 것도 아닌데! 가만히 앉아서 떠남을 당하는 건 억울하니까 당하지 말고 행하기로 했습니다.

"어깨 좀 나아지셨어요?"

"아니요."

"근육이 아픈 거였으면 통증이 좀 줄었을 텐데, 그대로인 걸로 봐서 인대를 다치신 것 같아요. 주말에 푹 쉬시고 월요일에도 아프면 병원에 꼭 가보세요. 자, 그럼 오늘도 왼손 훈련 시작하시죠."

아내 덕분에 활기를 찾은 뒤 신나게 운동하다가 오른쪽 어깨가 악화되어 한동안 왼손만 가지고 훈련했습니다.

잽-레프트훅 / 잽-레프트보디, 자세 연습 세 라운드. 그리고 샌드백. 다가오는 샌드백을 치고 멀어지는 샌드백을 쫓아가서 또 쳤습니다. 순간 관장님이 샌드백이 다가올 때 치랍니다. 멀어지는 샌드백을 치면 윗부분 고무 밴드가 끊어진다고……. 지나간 것은 지나간 대로 의미가 있으니까 상처 입히지 말고 잘 보내 주라는 말로 들렸습니다.

때가 되어 떠나는 것들에게 매달리지 않기로 합니다. 멀어지는 샌드백은 잘 가라 하고 다가오는 샌드백을 쳤습니다.
아니, 맞이했습니다. 이별과 만남이 반복되었습니다. 마중이
배웅이 되는 물구나무의 세계를 생각합니다. 나를 떠나고 있
는 멜라닌의 슬픈 미소를 생각합니다.

　안녕, 멜라닌.

2016년 3월 31일 목요일

07

사슴 청년의 퇴장,
내 이름이 뭐라고?

병원에 들렀습니다. 염증이라는 진단을 받을 게 뻔했지만 약 먹고 주말에 쉬면 월요일부터 정상 컨디션으로 운동할 수 있을 거라 기대했습니다. 역시나 염증이었습니다. '어깨'라고 적힌 메모지를 들고 물리치료실로 갔습니다. 메모지를 건네자 이름을 물어서 이름을 말했습니다. 잠시 후, "어깨 환자 박장욱 님." 하길래 내가 갔습니다. 박장욱은 내가 맞았습니다. 나는 박장혼데 박장욱은 내가 맞았습니다. 나는 의도치 않게 다른 이름으로 존재했습니다. 다른 이름으로 살 수 있는 기회가 주어진다면 어떨까요. 삶의 아픈 부위가 치료될까요? 그렇다면 한 번쯤 다른 이름으로 살아 보는 것도 좋을 것 같습니다. 그럴 기회가 있었습니다. 필명을 쓸 기회가 있었습니다. 그땐 무슨 필명인가, 주어진 내 이름으로 살리라 생각했습니다. 따지고 보면 내 뜻으로 태어난 게 아니고 내가 지은 이름도 아닙니다. 약간 후회됩니다. 내가 원하는 이름으로 불릴 기회가 있었는데 말이죠.

캐시어스 클레어라는 소년이 있었습니다. 올림픽에서 금메달까지 딴 이 소년은 자신의 이름이 노예의 이름이라며 이름을 바꾸고 챔피언에게 도전합니다. 그런데 이 챔피언은 계속 그를 캐시어스 클레어라고 불렀습니다. 챔피언을 쓰러뜨린 소년이 그의 얼굴을 내려다보며 말했습니다.

"다시 말해 봐. 내 이름이 뭐라고?"

소년의 이름은 무하마드 알리입니다.

치료를 마치고 약을 지어 체육관으로 갔습니다. 박장욱에서 박장호로 돌아왔습니다. 들어서자마자 관장님에게 어깨 인대에 염증이 생겼다는 사실을 알렸습니다. 관장님은 2주 정도 지나면 괜찮아질 거라며 다음 주까지는 살살 하잡니다.

샌드백을 치는 도중 사슴 청년이 들어왔습니다.

"오늘 웬일이야? 짐 찾으러 왔어?"

사슴 청년이 체육관을 떠나는 모양입니다. 짐도 찾고 인사도 드리러 왔답니다. 관장님에게 작은 선물을 건네고 탈의실에 들어가 짐을 찾아 나온 청년이 관장님과 샌드백을 치고 있는 내 등 뒤 출입문 앞에서 작별 인사를 나누었습니다.

"가서 고참들 싹 없애버려."

관장님이 장난스럽게 말했습니다. 청년의 입대일이 임박했나 봅니다. 청년에게 잘 가라는 인사를 해주고 싶어서 샌드백을 치는 도중 흘낏흘낏 뒤를 돌아보았는데 청년은 내게 눈길을 주지 않았습니다. 나이 차이가 워낙 많이 나고 서먹해서 인사하기가 쉽지 않았을 겁니다. 겪어 보니 나 못지않게 내성적이었습니다. 어쩌면 그도 내가 먼저 인사해 주길 기다렸는지도 모르겠습니다. 링에서 가장 많이 맞부딪쳤고 예의도 바른 청년이어서 떠나는 게 아쉬웠습니다. 그는 자신이 내게 사슴 청년으로 존재한다는 걸 모릅니다. 우리는 우리의 의도와 상관없이 여러 곳에서 여러 사람들에게 여러 이름으로 존재하는지도 모르겠습니다. 오늘 한때의 내가 박장욱이었던 것처럼.

도서관에서도 자주 보던 사람들 두세 명이 자취를 감추었고 체육관에서도 얼굴을 익혔던 사람들이 하나둘 떠나고 있습니다. 남겨지는 쓸쓸함이 엄습했지만 어차피 링에 함께 올라가 줄 사람은 없습니다. 홀로 올라야 합니다. 필드에 쓰러진 사람을 위해 축구공을 터치라인 밖으로 내보내 주는 의리 있는 동료 선수나 매너 있는 상대 선수를 링에서는 기대할 수 없습니다. 링은 외로운 곳입니다. 자기가 좀 못하더라도 에이스의 기량에 편승해 승리할 수도 있는 단체 경기와

277

다릅니다. 모든 것을 혼자 해야 합니다. 공격도 혼자 해야 하고, 방어도 혼자 해야 합니다. 오직 혼자서. 경기가 시작되면 휴식 시간에 전략을 수정해 주거나, 그로기에 빠지면 수건을 던져 대신 경기를 포기해 줄 세컨드만 있을 뿐입니다. 내 곁의 세컨드들이여, 조언은 하되 "얘는 더 이상 안 되겠네." 하고 부디 수건은 던지지 마십시오. 인생은 승부가 아니니까요. 인생은 복싱도 아니고 축구도 아니고 마라톤도 아니니까요. 내 인생이 어떤 장에 있어야 한다면 나는 그곳이 경기장이 아니라 전시장이었으면 좋겠습니다. 벽이 없는 전시장이었으면 더 좋겠고, "어, 이런 것도 있네? 나름 재밌네." 이런 말을 들으면 더 좋겠습니다. 내 이름이 무엇으로 전시되든.

이참에 이름이나 하나 지어 둘까요? 몸의 70퍼센트는 물이니까 사람은 어딘가에서 흘러왔고 어딘가로 흘러가겠죠. 땀에 실려 눈물에 실려. 흐르다. 박흐름. 좀 어색한 것 같네요. 흘리다. 땀을 흘리고 눈물을 흘리다. 박흘림? 박흘린? 박흘린. 이게 좋겠네요. 박흘린. 내 이름이 뭐라고요? 땀 흘린 눈물 흘린 '박흘린'. 내 이름은 '박흘린[바클린]'입니다.

2016년 4월 1일 금요일

08

활기찬 소망

염증약에 감기약까지 먹었더니 몸이 노곤합니다. 아내는 도대체 뭘 했기에 감기에 걸렸냐고 아우성. 뭘 하긴 술 먹었지. 요즘 강술을 마시면 2~3일은 좀비입니다. 〈28일 후〉부터였나요? 〈새벽의 저주〉부터였나요? 좀비들이 달리기 시작했습니다. 그리고 어느 영화에서는 좀비들끼리 의사소통도 합니다. 서로 딴 얘기를 하면서도 기가 막히게 대화를 이어 가는 전문 취객들의 염력에 가까운 의사소통이 아니라 진짜 의사소통. 생각하는 좀비. 〈미스 좀비〉라는 영화에서는 좀비가 모성애를 발휘하기도 하고, 〈웜 바디스〉에서는 사랑의 힘으로 좀비가 생명을 회복하기도 합니다. 죽음이 생명 현상의 끝이 아니라는 듯이.

원래 조지 로메오 감독의 초창기 좀비들은 느릿느릿 걸어 만 다녔습니다. 고전적 좀비 스타일로 트레드밀을 타고 내려 왔습니다. 관장님이 어깨 상태를 체크했습니다. 아직 아프다 고 했습니다.

오늘은 잽으로 보디를 치는 걸 새로 배웠습니다. 일명 '잽 보디'. 잽보디를 섞어서 자세 연습 세 라운드를 마치고 미트 를 쳤습니다. 오늘은 치는 방식이 달랐습니다. 관장님이 펀치 종류를 먼저 말하면 그에 따라 미트를 치는 것이었습니다.

"잽, 잽보디, 잽" / 팍 팍 팍

"잽잽, 레프트훅, 잽보디" / 팍팍 붕 팍

"잽, 보디, 레프트훅" / 팍 팍 붕

그리고 관장님이 빙글빙글 돌면서 미트를 대주었습니다. 관장님의 움직임에 따라 나도 펀치를 내기 좋은 자리를 찾아 들어가면서 주먹을 뻗었습니다. 한 자리에서 계속 스텝을 뛰 며 주먹을 뻗을 때보다 힘도 덜 들었습니다. 한 단계 발전했 습니다. 재미있었습니다. 움직이는 표적을 추격하며 펀치를 뻗는 내 모습이 어땠을까 궁금합니다. 약간 멋있었을까요? 어설펐을까요? 칭찬쟁이 관장님은 잘했다고 말해 주었지만 아직 그렇게 멋있지는 않았을 겁니다.

운동을 잘하려면 몸도 좋아야 하지만 머리도 좋아야 하나 봅니다. 관장님이 불러 주는 펀치를 쳐야 하는데 헷갈려 엉뚱한 펀치를 자주 쳤습니다. 순간순간 바뀌는 주문에 따라 펀치를 내려면 뇌세포의 반사 신경과 순간적인 판단력이 좋아야 합니다.

샌드백을 칠 때도 미트를 칠 때처럼 샌드백 주위를 빙 돌면서 잽 연타를 쳤습니다. 한 바퀴, 두 바퀴, 세 바퀴. 몸놀림이 가벼웠습니다. 슬럼프를 극복한 뒤 아폴로 크리드의 도움을 받아 경쾌한 스텝을 얻은 록키 발보아 같았다고나 할까요. 혼자서 하는 자화자찬은 즐겁습니다.

자고 일어나서 씻고 밥 먹고 운동하고 씻고, 자고 일어나서 씻고 밥 먹고 운동하며 살면 어떨까요? 그렇게 살 수 있는 자격을 가진 사람들을 국가대표라고 부릅니다. 자고 일어나서 씻고 밥 먹고 글 쓰고 씻고, 자고 일어나서 씻고 밥 먹고 글 쓰며 사는 삶도 생각해 봅니다. 그럴 수 있다면 좋겠지만 주야장천 글만 쓰는 건 대표 선수들 훈련하는 것만큼이나 힘든 일이고, 살아야 글이 나오고, 국가대표가 아니어서 돈도 벌어야 하고, 부족한 지식도 채워야 하고, 무뎌진 감수성도 갈고닦아야 합니다.

요즘 읽는 몸과 쓰는 몸이 엇갈립니다. 읽고 있으면 쓰고 싶고 쓰고 있으면 읽고 싶습니다. 쓰면서 읽는 방법을 터득해야 할까요? 뭘 쓸 때 필요한 글을 읽어 나가는 방법. 아니면 읽으면서 쓰는 방법? 글을 읽으며 떠오르는 생각을 써나가는 방법. 둘 다 쉬운 일이 아닙니다. 뇌세포의 반사 신경, 순간적인 판단력, 지속적인 집중력이 필요합니다. 글을 잘 쓰려면 몸도 좋아야 합니다. 몸에 맞는 좋은 글 읽고, 맑은 생각 하고, 정다운 이야기 나누고, 재미있게 글 쓰고, 깨끗한 음식 먹고, 숙면을 취하면서 살고 싶습니다.

운동이 다시 재미있어집니다. 다음 주부터는 오른팔도 사용하기로 했는데 그때까지 어깨가 다 나았으면 좋겠습니다.

2016년 4월 7일 목요일

09

출발하는 사람들

　새로운 펀치를 배웠습니다. 레프트 어퍼컷. 보디블로우와 전체적인 형태는 비슷했습니다. 다만 왼손을 옆구리에 붙인 상태에서 90도 위로 긁어 올리듯이 치는 게 달랐습니다. 옆구리에 붙인 상태에서 긁어 올리기. 이 말을 수차례 강조했습니다. 긁어 올리는 것을 염두에 두고 세 차례 어퍼컷을 날렸습니다. 치는 순간에 임팩트를 주랍니다. 두 단계의 구분 동작으로 두 라운드를 뛰었습니다. 이번에는 연속 동작.

　"원투 치실 때 어깨 괜찮으세요?"

　"아파요."

　"그럼 스트레이트는 안 아프실 정도로만 팔을 뻗으세요."

　왼손 잽은 쭉 뻗고 오른손 스트레이트는 반만 뻗었습니다.

거울에 비친 내 턱을 목표로 삼았습니다. 치는 순간 임팩트를 넣으니 올려 치는 것도 끊어 칠 수가 있었습니다. 어퍼컷을 맞은 거울 속의 내 얼굴에 미소가 돌았습니다. 처음 잽을 배웠을 때가 떠오릅니다. 잽을 맞은 내 얼굴에 생기가 돌면 내가 나를 이긴 것이라고 했었습니다. 찌그러진 얼굴을 펴는 데 7개월이 걸렸습니다. 아직 판정을 내릴 순 없지만 승패에 관계없이 기분 좋았습니다.

처음 보는 40대 중반의 남자가 들어와서 관장님하고 격의 없이 이야기를 나누었습니다. 선거 때 낚시 잘 다녀왔느냐 물으니 낚시는 못 갔지만 선거 결과가 마음에 들어 흡족하답니다. 그리고 페더급 세계 챔피언을 지낸 C 선수의 복귀전에 대해서도 이야기했습니다.

토요일에 마흔을 넘은 C 선수가 복귀전을 가졌습니다. 관장님은 그의 맷집과 펀치력이 조금만 약했거나 상대방의 펀치력과 맷집이 조금만 좋았으면 이기기 힘들었을 거라고 합니다. C 선수는 전부터 워낙 체력과 펀치력이 좋았답니다. C 선수가 다소 고전하다가 KO승을 거둔 모양입니다. 그리고 다음부터는 전성기가 훌쩍 지난 것을 생각해서 더 센 상대를 만나지는 않았으면 좋겠답니다. 챔프의 명예에 흠집이 생기지 않기를 바라는 마음이 느껴졌습니다.

한 쌍의 남녀가 입관했습니다. 일주일 후에 결혼을 하는데 살을 빼기 위해서 왔답니다. 내가 보기에는 결코 뚱뚱하지 않았습니다. 얼마나 멋진 모습으로 결혼식에 입장하려고 그러는지 준비가 철저합니다. 바로 운동 시작하려고 운동복과 운동화까지 챙겨 왔습니다. 세상에는 내가 모르는 디테일이 참으로 많습니다.

1주일 동안 남녀 각각 2킬로 3킬로 감량을 목표로 훈련을 시작했습니다. 스트레칭을 한 뒤 팔벌려높이뛰기를 했습니다. 남녀가 번갈아 가면서 구령을 붙였습니다. 남자가 구령을 빼먹자 여자가 왜 구령 안 붙이냐고 성합니다. 큰 동작으로 하나둘 하나둘 열심히 운동하는 모습이 보기 좋았습니다.

"몇 개 하셨어요?"

"2백 개요."

"아직 3백 개 남으셨네요? 속도가 너무 느려요. 다음 진도 나가야 하니까 좀 빨리 해주세요."

허걱. 5백 개를 시킨 모양입니다. 하긴 단기간에 살을 빼려면 무리를 하는 수밖에 없겠지요. 트레드밀을 타고 내려온 남녀가 폴짝폴짝 스텝을 뛰며 잽을 배웠습니다. 부부 싸움 실력이 늘겠습니다. 금요일, 저 부부가 얼마나 슬림해졌는지 꼭 확인해 보고 싶습니다.

링에 돌아온 전 챔피언과 혼례를 앞둔 예비부부. 어떤 출발은 염려, 어떤 출발은 기대를 동반했습니다만 모두 박수

받아 마땅한 사람들입니다. 출발선상에 서기까지 힘겨운 훈련과 준비의 시간을 보냈을 테니까요.

2016년 4월 18일 월요일

공, 공, 공

    오늘은 특이한 훈련을 했습니다. 링 위에 있는 내게 관장님이 가벼운 종이공를 던져 주면 내가 두 손으로 받는 훈련이었습니다. 민첩성, 순발력, 스텝을 단련하는 훈련이랍니다. 처음에는 공이 잡기 쉬운 곳으로 날아왔습니다. 가급적 몸이 정면을 향한 상태에서 사이드 스텝으로 공을 잡으려고 노력했습니다. 시간이 흐르자 위로 날아오는 공, 앞으로 날아오는 공, 좌우 옆으로 날아오는 공, 좌우 아래로 날아오는 공, 왼쪽으로 날아오는 척하다가 오른쪽으로 날아오는 공, 잘못 던져 벽에 부딪히는 공, 잡지 못해 링 밖으로 또르르 굴러가는 공, 공, 공. 공아, 제발 울려라. 재미있게 시작한 모든 것들이 끝까지 재미있으면 얼마나 좋을까요.

2016년 5월 2일 월요일

이별 이브

이별 전야에 마지막으로 배운 펀치는 일격 필살의 레프트 보디. 지금까지 친 보디는 앞으로 내미는 보디로, 가볍게 배를 치는 공격이었고 오늘 배운 보디는 상대방을 한 방에 보낼 수 있는 보디였습니다. 원래는 몇 개월 전에 관장님이 가르치려고 했던 펀치였는데 내 자세가 잘 나오지 않아서 뒤로 미룬 기술입니다. 일격 필살의 보디블로우를 배우기 위해 겨우내 그토록 땀을 흘렸나 봅니다.

원투를 치고 나서 왼쪽으로 숙인 뒤 스리쿼터로 상대방의 옆구리를 노리고 옆으로 치고 들어가는 펀치. 앞에서 앞을 치는 게 아니라 옆에서 옆을 치는 것. 손목을 굽히지 않고 주먹을 눕힌 상태에서 그대로 옆으로 회전시키는 펀치.

자세 연습을 하면서 요 며칠 체육관에서 있었던 일들을 떠올렸습니다.

실감한 왼팔의 위력

오른쪽 어깨에 부상을 당해서 한동안 왼팔만 가지고 훈련했는데 이게 왼팔을 단련시켰는지 관장님이 한번은 이런 말을 한 적이 있습니다.

"그 정도 잽을 계속 뻗을 수 있으면 잽만 가지고도 상대방을 몰아붙일 수 있을 거예요."

며칠 뒤 한 청년과 링 위에서 붙었습니다. 관장님의 말이 사실이었습니다. 청년과 두 라운드 잽 대결을 펼쳤는데 딱 한 대만 맞고 일방적으로 밀어붙였습니다. 도중에 상대가 얼굴을 돌려 회피하기까지 했습니다. 훈련의 성과에 나도 깜짝 놀랐습니다.

"나와라, 가제트 왼쪽 팔."

오른손이 고장 나면 왼손을 사용하는 게 맞습니다. 이런 걸 두고 좌편향이라고 하면 곤란합니다.

더블엔드볼

펀치볼 양 끝에 고무줄을 달아 하나는 천장에 하나는 바닥에 고정시킨 것을 더블앤드볼이라고 합니다. 주먹으로 치면 펀치 방향으로 물러났다가 고무줄의 힘에 이끌려 다시 펀치 반대 방향으로 되돌아옵니다. 세게 치면 세게 돌아오고 살살 치면 살살 돌아옵니다. 힘이 작용하면 그 역방향의 힘도 작용한다는 것. 그게 복싱이라는 것. 링 위에서 맞고 가만히 있는 사람은 없습니다. 반드시 반격을 합니다. 내가 공격하는 힘이 세면 셀수록 상대방의 반격도 거세진다는 것. 가는 말이 고와야 오는 말이 곱지만 복싱은 고운 것만 주고받는 게 아니라는 것. 때리려면 맞을 각오도 해야 한다는 것. 그게 링의 정의라는 것.

줄넘기

어깨 부상으로 오른팔을 들기가 힘들어서 팔벌려높이뛰기 대신 줄넘기를 시작했습니다. 줄넘기는 어깨를 들지 않고 손목만 돌려도 할 수 있는 운동이니까요. 보아 하니 숙련자들만 줄넘기를 하는 것 같기에 관장님이 허락 안 해줄 줄 알았는데 흔쾌히 그러고 싶으면 그러랍니다. 줄넘기할 때는 다가와서 천장 형광등 깨먹지 않도록 주의하라네요. 가만 생각해보니까 좁은 체육관 여기저기서 이 사람 저 사람 줄을 돌려대면 서로 줄이 엉켜서 훈련이 제대로 진행되지 않을 것 같습니다. 뭔가 심오한 뜻이 있겠거니 생각했는데 알고 보면 헛웃음이 날 정도로 그 뜻이 매우 단순한 경우가 종종 있습니다.

본질보다 복잡하게 생각하는 사람은 삶이 불편해집니다.

예비 특전사의 펀치 러시

특전사에 입대하기 위해 체력을 단련하러 왔다는 스무 살 청년을 상대로 방어 연습을 했습니다. 한 라운드는 가드 없이 잽 피하기, 한 라운드는 가드로 잽과 스트레이트 방어하기. 관장님이 청년에게 나를 가리키며 그냥 동료라고 생각하고 마음 편하게 열심히 공격하랍니다. 잽 피하기는 몇 차례 경험이 있어서 괜찮았는데, 잽과 스트레이트를 모두 방어하는 훈련은 처음이라 부담스러웠습니다. 막는다고 막았는데 녀석이 친 내 가드에 내 얼굴이 계속 맞았습니다. 중간에 가드 그렇게 하는 게 아니라고 지적을 받은 뒤 다시 했지만 역시 어려웠습니다. 막판엔 너무 힘들어서 청년을 붙잡고 늘어졌습니다. 맞아 죽게 생겼는데 그깟 자존심이 대수인가요. 공이 울리니까 클린치한 내 등을 주먹으로 툭툭 치며 "다 끝났어요." 하더군요. 어찌나 고맙던지. 군대에 가려고 체력을 단련하다니 참으로 건전한 청년입니다. 하지만 아무리 건전하다 해도 사람을 그렇게 편하게 때리는 녀석을 다시 보고 싶지는 않았습니다.

"동료라고 생각하고 마음 편하게 열심히 때려."

시키는 대로 곧이곧대로 하는 걸 보면 군 생활 참 잘할 것 같습니다.

마지막 클린히트

링에서 마지막으로 붙은 상대는 절구통 같은 하체, 떡 벌어진 어깨, 두꺼운 가슴, 표정 변화 없는 침착함, 20대의 뜨거운 피를 가진 강타자였습니다. 체격에 한 번 위축되었고, 치고 들어오는 기세에 두 번 위축되었고, 편치력에 세 번 위축되었습니다. 나도 꽤 많이 맞추기는 했지만 세게 때리지는 못했습니다. 내가 세게 때리면 청년이 더 세게 나를 때릴 것 같았습니다. 끝날 때까지 두려움이 사라지지 않았습니다. 마주 보는 게 부담스러워 시선을 잠시 딴 데로 돌렸는데 그 순간을 놓치지 않고 인중으로 청년의 강력한 잽이 파고들었습니다. 별만 총총, 아무것도 보이지 않았습니다. 지금까지 맞은 편치 중에서 가장 정확하고 강한 편치였습니다. 청년의 기세에 눌리니까 체력도 더 빨리 떨어졌습니다. 숨이 가빠져서 입이 저절로 벌어졌습니다.

"입 다무세요. 이 부러져요."

청년은 표정에 전혀 변화가 없었습니다. 괴물 같았습니다. 남은 시간을 어떻게 버텼는지 모르겠습니다. 공이 울리자 관장님이 내게 잘했다고 하고 청년에게는 "오늘 좀 맞았지?" 그럽니다. 관장님의 눈에는 내 마음속에 있던 두려움이 보이지 않았나요? 무서워 죽는 줄 알았는데……. 청년이 다른 사람 하고 할 때보다는 많이 맞은 건가요? 제대로 친 주먹이 없는 것 같은데……

관장님이 구경하던 두 청년을 불렀습니다.

"맞으면서도 같이 치는 거 봤지? 맞아도 자세 유지하는 거 봤지?"

링에 서면 안 맞을 수는 없으니까 맞을 건 맞더라도 칠 건 쳐야 한다는 것, 맞더라도 앞발과 뒷발의 스탠스가 흐트러지지 않아야 한다는 것. 이런 것들을 두 사람에게 이야기했습니다. 내가 정말 그랬나요? 무서워 죽는 줄 알았는데……

고백

관장님에게 고민을 털어놓았습니다. 나보다 힘이 더 센 사람하고 붙었을 때의 두려움, 공포심, 얼굴을 때리지 못하는 심약함 등등. 두려움은 경험을 통해서 극복할 수 있답니다. 그리고 얼굴을 못 때리는 건 그렇게 생각하면 안 된답니다.

"복싱에서는 맞는 사람이 잘못하는 거예요. 얼굴 보인다고 못 때리시면 안 돼요. 서로 합의하고 하는 거기 때문에 다쳐도 다친 사람 잘못이니까 무조건 열심히 때리셔야 해요. 사람 때린다고 생각하지 마시고 복싱한다고 생각하셔야 해요."

"내가 세게 때리면 상대방은 나보다 더 세게 때릴까 봐 두려워요."

"그건 감수하셔야 해요. 체급이 있으셔서 센 펀치 맞는 건 감수하셔야 해요. 경험이 많이 쌓이시면 편해지실 거예요."

상담을 마치고 샌드백을 치면서 링 위의 풍경을 구경했습니다. 관장님이 어린이 세 명과 장난을 쳤습니다. 어린이들은 함께 관장님을 공격하기도 했고 관장님의 주먹을 맞고 쓰러지면 자기들끼리 나뒹굴면서 치고받기도 했습니다. 두려움이 없는 링 위의 평화로운 폭력! 폭력! 폭력! 웃으면서 세게 때리는 다정한 폭력! 폭력! 폭력! 마음속에 날아드는 얼굴 없는 폭력! 폭력! 폭력!

자세 연습을 하고 미트를 쳤습니다. 보디를 칠 때 타깃을 정확하게 맞추지 못하는 것과, 앞에서 앞으로 펀치를 내미는 것과, 몸을 숙이지 않는 것을 자주 지적받았습니다. 간혹 제대로 된 보디를 칠 때는 칭찬하는 걸 잊지 않았습니다.

"그렇죠. 좋아요. 좋아요."

잘했을 때 잘했다고 해주어야 무엇을 잘했는지 알 수 있습니다. 못했을 땐 무엇을 못했는지 알려 주어야 못한 부분을 고칠 수 있습니다. 지적과 칭찬. 지적과 칭찬. 2라운드가 끝나갈 때쯤 어떻게 치는지 감이 좀 잡혔습니다.

샌드백을 칠 땐 레프트보디를 응용해서 라이트보디도 쳐

보았습니다. 어깨가 아팠습니다. 관장님이 다가와 너무 무리하지 말라고 했습니다. 하지만 내일 이후에는 무리하고 싶어도 무리할 수 없습니다. 내일이 마지막 훈련이기 때문입니다. 관장님과 어떻게 헤어져야 할까요.

2016년 5월 12일 목요일

로커에 남은 이름

운동복을 비닐 백에 쑤셔 넣고 체육관으로 향했습니다. 항상 걷는 길이 그 길 같지 않았습니다. 헤어지러 가는 길이기에 그렇습니다. 누군가를 마지막 만나러 가는 길. 이런 길은 처음입니다. 내가 이별의 주최자가 되다니요.

관장님은 데스크에 앉아 헤드폰을 끼고 모니터를 들여다보고 있었습니다. 운동복으로 갈아입고 스트레칭을 하고 러닝을 했습니다. 100킬로칼로리를 태우고 트레드밀에서 내려왔습니다. 쉬지 않고 줄넘기 세 라운드를 했습니다. 왼쪽으로 이동하면서 넘고 오른쪽으로 이동하면서 넘고 앞으로 갔다가 뒤로 나오면서 넘었습니다. 한 발로 두 번씩 번갈아 가면서 넘고 2단 뛰기로 넘었습니다. 지난 훈련의 순간들이 기억의 폴더 속에서 압축되고 있었습니다.

쉬지 않고 붕대를 감았습니다. 붕대를 감고 어제 배운 일격 필살의 레프트보디를 연습했습니다. 거울로 관장님이 다가오는 모습이 보였습니다.

'말해야 한다, 말해야 한다, 잔인한 이별의 통보를 해야만 한다.'

동작을 멈추고 관장님을 향해 몸을 돌렸습니다.

"관장님 다음 주부터 한 달간 쉬어야 할 것 같아요. 관물대…… 관물대란다, 로커에 있는 짐 좀 그냥 둬도 될까요?"

"왜요? 무슨 일 있으세요?"

"여행 좀 다녀오려고요."

"아, 그러시면 유월 중순까지 그대로 놔둘게요. 잘 다녀오세요."

하려고 했던 말은 오늘을 마지막으로 훈련을 마치겠다는 말이었는데 엉뚱한 말을 뱉고 말았습니다. 내가 이별의 주최자라고요? 내겐 그런 능력이 없습니다. 갈 거면 간다고 하지 쉬었다 온다는 게 뭔 말이래요. 이게 사랑해서 떠난다는 말과 뭐가 다릅니까. 너는 멋진 사람이니까 나보다 더 좋은 사람 만날 거라는 말과 뭐가 다릅니까. 에휴. 그러나 관장님도 알고 있었을 겁니다. 이런 식으로 돌아오지 않은 관원이 한둘이 아니었을 테니까요.

미안한 마음에 거울 속으로 강펀치를 날렸습니다. 3라운드 종료 공이 울리자 관장님이 두 손에 미트를 들고 글러브를 끼라고 했습니다. 재빨리 글러브를 끼고 자세를 잡았습니다. 공이 울렸습니다. 잽잽-원투-레프트보디. 한 방 한 방 정성스럽게 미트를 쳤습니다. 마지막임을 예감했는지 레프트보디를 칠 때는 관장님도 두 미트를 포개어 정성스럽게 펀치를 받아 주었습니다. 보디를 친 뒤엔 관장님의 라이트 미트가 얼굴을 향해 날아왔습니다.

'꼭 가셔야 하나요?'

뒤로 빠지면서 피하고 다시 접근해 잽을 넣었습니다.

'더 좋은 관원 만나실 거예요.'

말도 안 되는 생각의 대화를 나누면서 턱이 들리면 다시 당기고 상체가 숙여지지 않으면 스스로 자세를 교정하면서 동작을 이어 갔습니다. 숨이 차올랐습니다. 하지만 동작을 멈추면 그 직후에 또 공이 울릴 것 같았습니다. 오늘은 3분 동안 한 번도 쉬지 않았습니다. 항상 부족했던 마지막 한 방, 마지막 한 걸음. 오늘은 그 마지막 하나를 기어이 채우고야 말았습니다.

"들어가면서 치고 친 뒤에 빠지는 거. 그게 핵심이에요. 자, 백 치시죠."

백 치라는 말이 왜 빠친다는 말로 들렸을까요.

글러브를 벗고 열을 식혔습니다. 물을 두 잔 마셨습니다. 정수기가 새것으로 바뀌어 있었습니다. 정수기 속의 물이 좀 더 깨끗해졌을까요. 내 몸에서 흐르는 땀은 처음 왔을 때 흘렸던 땀보다 깨끗해졌을까요.

다시 글러브를 꼈습니다. 샌드백과 마지막 춤을 추었습니다. 지금까지 배운 모든 펀치를 이용했습니다. 어디선가 음악 소리가 들려왔습니다. 왈츠, 왈츠, 마이너 왈츠. 마이너 왈츠 속에는 우울한 사람들이 있습니다. 그들은 이 율동의 순간이 다시 오지 않을 시간의 끝이라도 되는 듯 처절하게 부둥켜안고 입을 맞춥니다. 다시 못 볼 사람들을 위해 샌드백을 향해 날아가는 주먹의 키스, 키스의 운율. 왈츠, 왈츠, 마이너 왈츠. 왈츠가 끝나면 펀치 드렁크.

정리 운동을 한 뒤 체중을 쟀습니다.

"몇 킬로세요?"

"85킬로요."

"처음에 몇 킬로셨죠?"

"94요."

"그래도 많이 빠지셨네요. 1킬로 더 빼서 10킬로 감량하셨으면 좋았을 텐데 약간 아쉽네요."

난 별로 아쉽지 않습니다. 감량도 감량이지만 휴면 중이던 근육들을 깨운 것과 몸속의 물이 정화된 게 무척 만족스럽습

니다.

젖은 운동복과 붕대는 비닐 백에 넣고 글러브와 줄넘기, 마우스피스는 로커에 넣었습니다. 그리고 문을 닫았습니다. 로커에 내 이름이 남아 있었습니다. 이곳에서 만난 사람들에게 나는 어떤 이름으로 기억되었을까요?

남은 이름과 작별하고 탈의실에서 나왔습니다. 관장님이 헤드폰을 벗고 웃음 띤 얼굴로 자리에서 일어났습니다.

"관장님, 유월에 뵙겠습니다."

"네, 그동안 수고하셨어요."

문이 닫힌 체육관 안에서 흘러나오는 노래를 큰 소리로 따라 부르는 관장님의 목소리가 들렸습니다. 얼굴을 가린 이별에 대처하는 관장님만의 방식인가 봅니다.

2016년 5월 13일 금요일

사라진 라운드

　내일모레면 한가위입니다. 작년 이맘때의 기억을 꺼내며 이 기록을 시작했으니까 얼추 1년이 지난 셈입니다. '끊어진 인대'는 아직 손가락을 완전하게 움직일 순 없지만 투 잡을 하면서 바쁜 나날을 보내고 있습니다. '도려낸 갑상선'은 '바지를 벗어난 허리'가 되었습니다. 빚을 지긴 했지만 집도 한 채 장만했습니다. 미용사 S는 외식 업체 프랜차이즈 영업 팀에서 일하고 있습니다. 지점을 늘려 가는 게 꽤 즐거운 모양입니다. 모두들 자기 링에서 구슬땀을 흘리고 있습니다.

　나는 어떻게 되었냐고요? 이름이 '아' 자로 끝나는 나라로 여행을 가서 '아' 자로 끝나는 나라로 돌아왔습니다. 넓은 세상을 보았더니 나를 갈구하는 지구의 그리움(체중)과 은행 잔

액이 줄었습니다. 그리고 내가 그렇게 멋있는 사람이 아니라는 걸 알았습니다. 기왕 배운 복싱, 좀 더 훈련해서 작은 대회에라도 나가 신나게 얻어터지기라도 했다면 이 기록이 좀 더 재미있게 마무리되었을 텐데요. 그랬다면 얼굴에 영광의 상처도 좀 남았을 테죠. 그리고 딴생각이 재미있긴 하지만 뭔가에 집중하지 않으면 딴생각도 나지 않는다는 것을 알았습니다. 딴생각을 하려면 집중할 무언가를 선택해야 한다는 것. 누구나 선택은 하지만 항상 선택하지 않은 다른 무언가 때문에 힘들어한다는 것. '아, 그때 이렇게 했으면 어땠을까.' 그랬으면 선택하지 않은 또 다른 선택지 때문에 힘들어하겠죠. 그러니 삶엔 정답도 오답도 없는 것.

정답이 아니라고 생각했던 나의 선택들을 돌이켜 봅니다. 회사 그만둔 걸 후회하진 않습니다. 그 이후를 뜻대로 살지 못한 걸 후회합니다. 복싱 배운 걸 후회하진 않습니다. 좀 더 과감하게 하지 못한 걸 후회합니다. 친구를 끌어들인 걸 후회하지 않습니다. 좀 더 즐겁게 보내지 못한 걸 후회합니다. 여행 때문에 잔액이 준 걸 후회하지 않습니다. 더 멀리 더 길게 다녀오지 못한 걸 후회합니다. 뭔가를 선택한 뒤에는 그 선택을 후회하는 게 아니라 그 선택에 집중하지 못한 걸 후회합니다.

"가장 두려운 투수가 누구죠?"

"마운드에 있는 투수요."

자이언츠에서 활약했던 자갈치 김민호 선수의 말입니다. 약한 상대는 없습니다. 핵주먹 마이크 타이슨은 약체라 평가되었던 제임스 더글라스에게 무참히 쓰러졌습니다. 바로 지금보다 더 중요한 순간은 없습니다.

지나는 길에 들러 살짝 봤더니 체육관 관장님은 여전히 아이들과 즐겁게 운동을 하고 있었습니다. 그에게 위빙을 배우며 한바탕 웃었던 게 기억납니다.

"관장님, 저 올챙이춤 추는 거 같지 않아요?"

"웃지 마세요. 웃지 말고 진지하게 하세요. 자, 다시."

"관장님도 웃고 계시잖아요?"

그때 두 사람은 즐겁게 웃었습니다. 올챙이가 개구리 될 거란 믿음 때문에 웃은 게 아니었습니다. 그저 그 순간이 즐거워서 웃었습니다.

멋진 모습으로 예식장에 입장하기 위해 체육관을 찾았던 예비부부는 어떻게 되었을까요. 목표를 달성했을까요. 첫날 이후 그들을 보지 못했습니다. 부부 싸움 하는 데 복싱 기술을 응용하진 않겠지요. 그들을 보며 미소를 지었던 것도 그 순간 그들이 그냥 좋아 보였기 때문입니다. 체육관에서 함께 땀 흘렸던 사람들, 특히 주먹을 섞었던 사람들. 사슴 청년, 미용사 S, 스포츠머리 고2, 감량이 힘든 북방 민족, 예비 특전사, 마지막 클린히트 등등. 체육관에 온 이유는 각자 다르겠지만 모두 그 순간 주먹 한 방 한 방에 집중했습니다.

$$\bigcirc\bigcirc$$

복싱 초창기에는 주먹에 글러브를 끼지 않았고 라운드 수에 제한이 없었습니다. 맨주먹으로 무려 75라운드까지 싸운 사람들도 있었다고 합니다. 그 후 점차 룰이 정비되면서 맨손 경기는 금지되었고 세계 타이틀 매치의 경우 3분 1라운드, 총 15라운드로 진행되었습니다. 그러다가 우리나라의 K 선수가 14라운드에 쓰러져 사망하는 사고가 발생하자 12라운드로 룰이 개정되었고 지금까지 유지되고 있습니다.

복싱 경기에서 13라운드는 사라졌습니다. 그것이 규칙입니다. 나의 12라운드는 딱 거기까지였나 봅니다. '맞으면 머리가 아프니 그만 배워야겠다, 샌드백을 칠 때도 머리가 아프니, 그만 배워야겠다'까지. 아니 나의 6라운드가 거기까지였나 봅니다. 12라운드는 세계 타이틀 매치의 규정이니까요. 나는 겨우 7개월밖에 배우지 않은 풋내기니까 6라운드도 사실 과분하죠. 내 복싱은 거기서 끝났지만 삶엔 마지막 라운드가 없습니다. 마지막 라운드가 언제인지 어디서 어떻게 죽을지 아무도 모릅니다. 죽음엔 규칙이 없습니다. 아, 좀비도

진화하는 세상이니 죽음이란 말은 걸러 내기로 합니다. 생명엔 규칙이 없다 칩니다. 언제까지, 어디에서, 어떻게 살지, 살아서 무엇이 될지 모르는 것이 생명이라 칩니다.

형편없는 체력으로 시작했던 첫 훈련, 처음으로 샌드백을 쳤을 때의 짜릿함, 고된 훈련 때문에 힘들었던 날들, 스파링의 전율, 진흙탕이 된 우정, 주고받았던 펀치의 쾌감과 충격, 때리고 맞는 것에 두려움을 느꼈던 그 모든 순간이 지금의 나로 휘어졌습니다. 그리고 계속 휘어지고 있습니다. 이 순간의 모든 움직임이 미지의 영향을 받은 빛의 굴절입니다. 생명엔 정해진 목적이 없지만 지금 이 순간은 그 목적에 어느 정도 닿아 있습니다.

∞

대학을 졸업하고 첫 면접에 제출한 자기소개서의 제목은 '나는 이 세상의 주인이다'였습니다. 잘 보이고 싶은 마음에 포부를 부풀려 어울리지 않는 거창한 제목을 붙였습니다. 면접이 끝나자 면접관이 이렇게 말했습니다.

"당신은 당신 세상의 주인일지는 모르겠지만 이 세상의 주인은 아닌 것 같군요."

안 뽑을 거면 그냥 곱게나 보낼 일이지 뭘 그렇게 후벼 파나 하는 마음에 속으로 이렇게 응수했습니다.

'내가 이 세상의 주인이 아닐지는 몰라도 당신은 당신 세상의 주인도 아닌 것 같군요.'

그래요. 나는 이 세상의 주인이 아닙니다. 누가 감히 자신을 이 세상의 주인이라고 말할 수 있겠습니까. 그런 사람이 많으면 곤란한 일이 발생하겠죠. 자기가 진짜 주인이라고 서로 우길 테니. 면접관의 마지막 말이 그때는 그렇게 서럽더니 지금은 고맙습니다. 내게 내 세상이 있다는 걸 간접적으로 인정해 준 말이니까요. 누군가 불쑥 나타나 자기 것이라고 우길 수 없는 나만의 세상이 있다는 걸 인정해 준 말이니까요. 나를 막아선 말이 나를 깨우는 말이 되다니 신기합니다.

다시 링에 오릅니다. 김주희 선수의 자서전에 의하면 링에 올랐을 때 링이 좁아 보이는 날은 컨디션이 좋은 날이라고 합니다. 한없이 넓어 보였던 링이 좁게 느껴집니다. 컨디션이 좋다는 뜻입니다. 나는 멋있는 사람이 아니지만 내가 뭘 하든 나 자신에게 수건을 던지지만 않는다면 최소한 나의 링에서만큼은 멋없는 사람으로 남진 않을 겁니다.

공이 울립니다. 거울 속의 나와 하이파이브를 나눕니다. 나의 7라운드가 시작되었습니다. 세컨드 아웃.

2016년 9월 12일 월요일